JUMP j BOOKS

鬼滅の刃 片羽の蝶

吾峠呼世晴
矢島綾

人物紹介

竈門炭治郎

妹を救い、家族の仇討ちを
目指す、心優しい少年。

竈門禰豆子

炭治郎の妹。鬼に襲われ、
鬼になってしまう。

我妻善逸

炭治郎の同期。普段は臆病だが、
眠ると本来の力を発揮する。

嘴平伊之助

炭治郎の同期。猪の毛皮を
被っており、とても好戦的。

胡蝶しのぶ

鬼殺隊の“蟲柱”。薬学に精通して
おり、鬼を殺す毒を作った剣士。

胡蝶カナエ

しのぶの姉。上弦の鬼・
童磨と戦ったが敗れる。

鬼殺隊の“霞柱”。
“始まりの呼吸”である
日の呼吸の使い手の
子孫。

鬼殺隊の“水柱”。
炭治郎を鬼殺隊に導き、
以来気にかける。

鬼殺隊の“岩柱”。
常に数珠を手に合掌し、
念仏を唱えている。

鬼殺隊の“炎柱”。
“炎の呼吸”で鬼を
殲滅する。

鬼殺隊の“蛇柱”。
蛇と行動をともにする
謎多き剣士。

鬼殺隊の“恋柱”。
添い遂げる殿方を
見つけるため、
鬼殺隊に入る。

炭治郎の同期。
兄は“風柱”の実弥。
刀鍛冶の里で炭治郎と
再会する。

鬼殺隊の“風柱”。
玄弥の実の兄だが、
本人は否定している。

鬼殺隊の“音柱”。
派手なものへの
こだわりが強い
元忍の剣士。

片羽の蝶

第1話
片羽の蝶

悲鳴嶼行冥(ひめじまぎょうめい)は、元来(がんらい)、やさしい男である。
古びた寺で身寄りのない子供たちを育て、貧しいながらも幸せに暮らしていた。自分はろくに食べずとも子供らに食べさせ、毎日毎日、身を粉にして働いた。
人を殴ったことはおろか、声を上げて子供を叱ることもなかった。
繊細でバカ正直で、やさしすぎるほどやさしい、平凡な男。

そう……。

あの……悪夢のような晩までは――。

✷

「南無阿弥陀仏(なむあみだぶつ)」

手斧と鉄球が鎖で繋がれた日輪刀で鬼の頭ごと——その頸を撃破する。

悲鳴嶼が駆けつけた時、室内はすでに血の海だった。

先に殺された男女の血と、鬼の流す血が混じり合い、噎せ返るような臭いを発している。

崩れ行く鬼の先に、二人の少女がいた。

年端も行かぬ少女が、更に幼い少女を必死に庇っている。

姉と妹だろう。気配がよく似ている。両者は震えて、泣いていた。


その心を満たしているのは、おそらく〝恐怖〟だろう。


助かった後にしばらくして、ようやく、父母を失くした悲しみが押し寄せてくるはずだ。

そして、愛する者を理不尽に奪われた憎悪がわき上がってくる。

だが、今、少女らの胸を埋め尽くしている感情は、純粋な恐怖だ。鬼という得体の知れない生き物に対する圧倒的な恐怖。


（あるいは、彼女たちの目には私も化け物に映っているやもしれぬ……）

沙代のように。
かつて山ほどのものを失い、傷つき、命をかけて守った少女は、駆けつけた大人たちの前で恐怖に震え、泣きじゃくった。

——あの人は化け物。みんなあの人が。みんな殺した。

駆けつけた者たちや詮議に当たった役人はおろか、当事者の悲鳴嶼ですら、沙代の言う〝あの人〟が鬼を指していたことを知らない。
恐怖で錯乱した少女が無意識に記憶を捻じ曲げ、自分を化け物と呼んだのだと思いこんでいる彼は、あの時の言葉を、恐怖にまみれた声を、片時も忘れられずにいる。

子供は哀れなほどに弱く……そして、残酷だ。
そんな考えが悲鳴嶼を未だに支配している。

「悲鳴嶼行冥様のお宅ですね」

「…………」

隠の手により親戚の下へ送られたという少女らとは、二度と会うこともないと思っていた。

だから、その名前すら尋ねなかった。

本心を言うならば、これ以上、子供と関わりたくなかった。

しかも、あれから半月は経っている。何故、今になって自分を訪ねてきたのかと、悲鳴嶼が訝しがっていると、

「突然、押しかけた無礼をお許しください」

年嵩の方の少女がペコリと頭を下げた。

「私は胡蝶カナエ。こちらは、妹のしのぶです」

姉がそう紹介すると、幼い方の少女がぎこちなく頭を下げる気配がした。

「何故、ここが……？」

「隠の方にお聞きしました。悲鳴嶼様には、鬼から助けていただいたお礼もろくにしておらず、申し訳ございませんでした。私たちを――妹を助けていただきありがとうございました」

少女の口調はやわらかく声音はどこまでも可憐だったが、一方で凛と澄んでもいた。それに、悲鳴嶼は雪の中に咲く一輪の花を想像した。

「姉さんを助けてくれて、ありがとうございました」

妹の方も姉に続いて礼の言葉を口にする。

こちらはまだ幼く、やや利かん気そうだった。

「父と母の葬儀も無事、終わりました。遺体はそれほど破壊されることなく、納棺できました……すべては、悲鳴嶼様のお陰です。本当にありがとうございました」

姉と妹――そのどちらの言葉にも深く心が籠っていた。亡き父母への哀惜が、悲鳴嶼への感謝が、そして、お互いへの情愛がひしひしと伝わってくる。

（そんなことを伝える為に、やって来たのか……）

まだ心の傷も癒えていないだろうに――。

少女たちの健気さに悲鳴嶼の心が揺れる。

だが、一方では彼女たちと関わり合いになることを恐れていた。

今はこんな殊勝なことを言っているが、時が経てば、何故もっと早く助けてくれなかったのかと、悲鳴嶼を責めるかもしれない。

父と母の死すらも悲鳴嶼のせいだと。

子供はそういう生き物だ。

ゆえに、わざと素っ気なく告げる。

「鬼の頸を斬るのが私の仕事だ。気にする必要はない」

「はい。隠の方に、鬼殺隊(きさつたい)についても教えていただきました」

姉・カナエの声が俄(にわ)かに緊張を帯びる。

妹の方を見、妹の方でも姉を見て、小さく肯(うなず)き合うのを感じた。

「今日はお願いがあってきました」

「鬼狩りの方法を教えて欲しいの。私と、姉さんに」

姉の言葉を遮るようにしのぶが言う。

「鬼の頸を斬る方法を教えて」

その硬い声に、悲鳴嶼の心の目は、姉妹の決定的な違いを感じ取った。

姉のカナエの中に、深い悲しみと悲痛な決意があるのに対し、しのぶの中には燃えるような怒りが、憎悪があった。

剝(む)き出しの刃(やいば)のようなその怒りは、いっそ、うつくしくすらあった――。

（哀れな……）

何事もなければ父母や姉の愛に包まれ、幸せに暮らしていたはずの幼子が、ここまでの怒りを憎しみを抱かねばならなかったすべてが、厭わしく、憐れで堪らなかった。

だが、悲鳴嶼は少女たちの懇願に背を向けた。

一時の感情で、この子らの未来を奪ってはならない。

何より、悲鳴嶼の傷だらけの心が、少女たちに情をかけることを拒絶していた。

薪割りをしようと、悲鳴嶼が家の外に出ると、そこにしのぶがいた。

思わず眉をひそめる。

「……まだ、いたのか」

「いるわよ。だって、まだ鬼狩りを教えるって言ってもらってないし」

しのぶが怒ったように答える。

続いて、パンという木が割れる高い音がした。

「薪を割ってるの。姉さんはお家の掃除と洗濯をしてるわ。出来ればその着物も洗いたいから、あとで着替えてね」

「そんなことを頼んだ覚えはない」

悲鳴嶼がいささか憮然(ぶぜん)として告げる。

「暗くなる前に家へ帰れ」

「帰る家なんてない」

しのぶが硬い声で言った。「全部、無くなった。残ったものも捨ててきた。もう、何にもないわ。私には姉さんだけ……」

少女はそう言うと、また薪を割った。今度は、それほどいい音がしなかった。

悲鳴嶼が普段使っている斧は、幼い少女には大きすぎるはずだ。

「……貸してみろ」

しのぶの手から斧を取り上げる。

束の間、触れ合ったその手は悲しいほどに小さかった。

声の響き方や、聞こえる位置、足音などから、このしのぶという少女が同年代の少女よりもだいぶ小柄だとは思っていたが、想像通りだ。

「斧は木に対して、こう垂直に振り下ろす」

悲鳴嶼が切り株の上に立てた丸太へと、斧を振り下ろす。

殊更、高い音がもれた。

「おじさん、目が見えないのにどうしてわかるの？」

「……私はまだおじさんと呼ばれるような年齢ではない」

悲鳴嶼の言葉に、しのぶは少し考えた後で「――じゃあ、悲鳴嶼さん」と呼び方を改めた。しかつめらしい声が愛らしかった。

「その額の傷は鬼につけられたの？　まだ、痛い？」

「…………家に帰れ」

悲鳴嶼がしのぶの問いを無視して告げる。

胸の奥にわけもない苛立ちと、悲しみがこみ上げてきた。

「君たち姉妹に鬼殺は無理だ」

「何よ。女の人の隊士だっているんでしょう？　嘘ついたってムダよ。隠の人に聞いたもん」

「確かに、女の隊士がいないわけではない。だが、男の隊士に比べ、圧倒的に数が少ない。

ほとんどが、最終選別を突破できない」

「最終選別って、何？　試験みたいなの？　だったら、平気よ。私も姉さんも頭は悪くないから」

「今はまだ難しいだろうが、いつかは忘れられる。普通の娘として幸せに生きろ。好いた男と結婚し、子を産み、しわくちゃになるまで生――」

「忘れられるわけないじゃない！！！」

悲鳴嶼に最後まで言わせず、弾けるようにしのぶが叫んだ。

しのぶの声に驚いたのか、近くの木々から小鳥が一斉に飛び立っていった。枝葉が大きく揺れる。

「目の前で父さんと母さんを殺されたのよ⁉　それで、何もなかったように生きれると思う⁉　できるわけない……できるわけないじゃない‼　普通に生きることが幸せなの⁉　自分を騙して、忘れたふりして暮らすのが幸せなの⁉　そんな幸せなら私はいらない‼　そんなの死んでるのと同じじゃない‼」

「鬼狩りはそれほど簡単な道ではない。血にまみれた道だ。君らの亡き父母が、娘たちのそんな未来を望むと思うのか」

「父さんと母さんが何を望むかなんて、もう誰にもわからない……！」

泣き出しそうな声が叫んだ。

悲鳴嶼が言葉に詰まる。

しのぶが畳みかけるように告げた。

「じゃあ、悲鳴嶼さんは出来るの？　大切な人たちを殺されて、それでも何もなかったみたいに生きれるの？　なら、なんで鬼殺隊に入ったのよ？　なんで、鬼狩りになったのよ！」

嚙みつくようにそう言うと、しのぶが家とは逆の方に駆け出した。

呼び止める暇すらなかった。

悲鳴嶼がなす術もなく立ち尽くしていると、

「心配ありません。すぐに戻ってきます」

背後から、カナエの声がした。

自分たちの声が聞こえたのだろう。案じて家から出てきたらしき姉は、悲鳴嶼が振り返ると静かに頭を下げた。

「妹の無礼をお許しください。あの子も頭ではわかっているんです。悲鳴嶼様が私たち姉妹のことを心から案じてくれていることを……。でも、感情が追いつかない……あの子は小さい頃から甘えん坊で、父と母のことが大好きでしたから」

「隊士にある程度の体格は必要だ。剣技を幾ら磨いたところで、持って生まれた筋肉量は、変えることができない。純粋な力は筋肉の量に比例する」

「……わかっています」

「上背（うわぜい）のある君は、まだいい。だが、あの子が仮に隊士になったとして、おそらく鬼の頸は斬れないだろう」

「…………」

「鬼の頸が斬れぬ隊士に、何が待っていると思う」

悲鳴嶼の言葉にカナエが辛そうにうつむく。

しばらく耳に痛いような沈黙が続いた後で、カナエが口を開いた。

「父がよく言っていました。重い荷に苦しんでいる人がいれば半分背負い、悩んでいる人がいれば一緒に考え、悲しんでいる人がいればその心に寄り添ってあげなさいと」

カナエとしのぶを見ていれば大体は理解出来る。

きっと、二人の両親は素晴らしい人間だったのだろう。やさしく勤勉で誠実で、娘たちを心から愛していた。

だが、そんな両親を二人は奪われた。

圧倒的な力で、抗う（あらが）間もなく、残酷に奪い取られた。

「私は救いたい。人も。――そして、鬼も」

カナエの声音は真摯だった。そして、どうしようもない悲しみを湛えていた。

それは、到底、少女に出せるような声ではなかった。

だが、憐れさよりも訝しさが勝った。悲鳴嶼にはカナエの言おうとしていることがわからなかった。

「鬼を……救う？」

「隠の方に聞きました。鬼は元々私たちと同じ人なのだと」

カナエはそこで言葉を区切ると、うつむいていた顔を上げた。

「悲しい生き物です。人でありながら、人を喰らい、うつくしいはずの朝日を恐れる。鬼を一体倒せば、その鬼がこの先、殺すであろう人を助けられる。そして、その鬼自身もそんな哀れな因果から解放してあげられる」

「自分の親を殺した鬼をも救いたい……そう言っているのか」

「……はい」

「それが本心からの言葉ならば、正気の沙汰ではない」

つい辛辣な口調になる。

（鬼を救いたい？　悲しい生き物？）

そんなことは、ほんの戯れにも思ったことがない。

自分からすべてを奪った鬼を、悲鳴嶼は未だに憎んでいる。一体でも多くの鬼を殺してやりたいというのが本音だ。

あの日、鬼の頭を殴り続けた拳の感触は、未だこの手に残っている。きっと一生、消えることはない。

悲鳴嶼は己の心臓が止まるその時まで、この手で鬼を殺し続けるだろう。

（この娘は……やさしすぎる）

通常の人生であればそのやさしさは称賛されるべきものだ。だが、隊士として生きるなら、行き過ぎたやさしさは、いつか彼女自身を滅ぼすだろう。

「君は鬼狩りになるべきではない」

「まだ、壊されていない誰かの幸福を守りたい。アナタが私たちにしてくれたように……アナタがしのぶを守ってくれたように、私も誰かの大切な人を守りたい。そうすることで、悲しみの連鎖を止めたいんです」

「その結果、自分や妹が死ぬことになってもか？」

「……っ――」

一瞬、カナエが言葉に詰まる。

己の命は投げ出せても妹の命は難しいのだろう。

我ながら卑怯な問いだ。

しかし、

「覚悟の上です」

カナエは震える声で言った。

「しのぶと約束しました。『私たちと同じ思いを、他の人にはさせない』と」

少女の悲壮な決意に胸の奥が不快にざらつく。少女の意外な頑なさに腹が立った。それ以上に、素直に受け入れてやれぬ自分に、どうしようもなく腹が立った。

悲鳴嶼は見えぬ両目を瞑ると、少女に背を向けた。

斧を振るう。

丸太が割れ、高く硬い音が辺りに響きわたる。

背中に突き刺さるカナエの真っ直ぐな視線から逃げるように、悲鳴嶼は一心に薪を割り続けた。

姉の言った通り、しのぶは程なく戻ってきた。

「ただいま」

そう言うと、悪びれることなく、帰り道に摘んできたという山菜と茸（きのこ）を悲鳴嶼に押しつけてきた。

「晩ご飯にと思って。気が利くでしょう？」

山程の山菜と茸を受け取りながら、悲鳴嶼が眉をひそめる。嫌な予感がした。

案の定、晩になっても姉妹が家に帰ることはなく、悲鳴嶼は鎹鴉（カスガイガラス）が任務を伝えに来てくれることを待ち望んだが、そんな日に限って鴉は現れない。

ここら辺は陽が落ちると途端に気温が下がる。悲鳴嶼が囲炉裏（いろり）にしのぶと自分が割った薪をくべていると、木々が燃える熱い匂いに混じって、味噌（みそ）と飯の良い香りがしてきた。

「悲鳴嶼さん」

頭の上から幼い声が降ってくる。

「晩ご飯、作ったんだけど」

「すみません。お米やお味噌など、家にあるものを勝手に使わせていただきました」

カナエがすまなそうにつけ加える。今更だ。

仕方なく、カナエ、しのぶと囲炉裏を囲む。

姉妹が作ってくれたご飯は、山菜のお浸しと岩魚(いわな)の焼き物、茸の味噌汁ににぎりめしだった。

ふと感傷に浸る。誰かとこうして食事を囲むことなど、いつぶりだろう。

囲炉裏の薪が爆(は)ぜ、パチパチと乾いた音を立てる。

味噌汁を口に含み、思わず、

「美味(うま)い」

とつぶやくと、

「それは、しのぶが作ったんですよ」

カナエがうれしそうに答える。

「しのぶは手先が器用なんです。昔から、庭の草木を集めては薬師(くすし)の真似事(まねごと)のようなことをしていて、しかも、本当に薬を作ってしまうんです」

「他は姉さんのがなんでも上手じゃない」

しのぶがやや乱暴な口調で言う。

声の調子から、怒ったのではなく照れているのだとわかった。

「姉さんはね、町一番の器量良しなのよ。箏（こと）だって、お花だって、お茶だってなんでも上手で、町の男の人たちはみんな姉さんに夢中だったんだから」

「しのぶ、やめなさい」

「悲鳴嶼さんも目が見えたら、きっとびっくりするわよ」

「コラ、しのぶ」

「だって、本当のことじゃない」

「もう、しのぶったら……。悲鳴嶼様は食べ物で何がお好きなんですか？」

「卵焼き？　御煮しめ？　それとも、天ぷら？　明日、私と姉さんで作ってあげる」

悲鳴嶼はほとんど口を挟まず、姉妹にしゃべらせておいた。

囲炉裏に燃える火があたたかい。

普段食べる米と同じなのに、姉妹がにぎってくれたにぎりめしはひどくやわらかな味がした。

室内に漂う空気すらもやさしく、澄んでいる気がした。

誰かと暮らすというのはこんなにもあたたかいものなのだ。

かつて、子供らと暮らした日々を思い出す。幸福だった日々の残骸のようなそれを、悲鳴嶼はそっと胸の奥底へと押しやった。

——その夜、何度かしのぶが大きな声を上げて飛び起きた。

「父さん!!　母さん……っ!!」
「しのぶ……大丈夫、大丈夫よ」
「いやあああああああああああああああああ!!」
「しのぶ、しのぶ…………」

姉が妹を必死に抱きしめ、宥めているのがわかる。

「鬼が……!!　鬼が、父さんと母さんを!!」
「しのぶ……しのぶ……」

血を吐くようなしのぶの叫びが、嗚咽が、姉が妹を呼ぶ声が耳にこびりつき、いつまで経っても離れなかった。

朝起きると、すっかり元の調子に戻ったしのぶとカナエが朝ご飯を作って待っていた。

姉妹は頑として家に帰ろうとせず、そんな日が三日も続くと、悲鳴嶼は早くも音を上げた。

愛する親を失った姉妹と、大切に育てていた子らを失った大人。

まるで歪な家族ごっこだ。

こんな生活が続けば、どうしたって二人に情が移ってしまう。いや、すでにもう移っているかもしれない。

だからこそ、この子供たちの平穏な未来を、自分が奪ってしまうことが例えようもなく恐ろしかった。


「……ついてきなさい」

この奇妙な同居生活が始まって四日目の朝、食事を終えた姉妹を、家の裏へと誘う。

そこに悲鳴嶼が修業に使っている巨大な岩がある。

大の男の背丈と同じぐらいの大きさのそれは、二人の幼い姉妹の目にはちょっとした小山のように映っているだろう。

「これから私が出す試練を成し遂げることができれば、鬼殺隊の隊士となれるよう〝育手（そだて）〟を紹介しよう」

「ホント？」

しのぶが声を弾ませる。

カナエが戸惑うように尋ねてきた。

「あの……育手とは？」

「文字通り、剣士を育てる者たちのことだ。〝育手〟は何人もいて、各々の場所で、各々のやり方で剣士を育てている。多くが元、力のある隊士だった。それが何らかの理由で引退し、後続の者たちを育てることに心血を注いでいる。その育手の下で修練を積み、〝藤襲山（ふじかさねやま）〟で行われる〝最終選別〟を生き残れば、晴れて鬼殺隊の隊士として、認められる」

「ええ？　悲鳴嶼さんが、教えてくれるんじゃないの」

しのぶの声がかすかに不満を帯びる。

悲鳴嶼の唇がふっとほころびそうになる。

この娘は、怒りの感情を爆発させる時や、悪夢に魘(うな)され泣き叫ぶ時以外は、実に子供らしい子供だ。ころころと表情が変わる声音は、しのぶの真っ直ぐな気性をそのまま表しているようで、最近では微笑(ほほえ)ましくすらあった。

だが、それを本人に伝えたことはない。

悲鳴嶼はわざと感情を押し殺し、淡々と告げる。

「私は私の任務がある。己の鍛錬もだ。人を教え育てる余裕はない」

「そんなに強いのに、まだ鍛えるの？」

訝しげなしのぶの言葉を遮るように、カナエが「わかりました」と答えた。

「無事、試練を乗り越えられました暁には、その育手というお方をご紹介ください」

「育手の下(もと)へは、二人別々に行ってもらう」

「え……」

二人の少女の——とりわけ、しのぶの戸惑いと怯(おび)えが空気を介して伝わってきた。

だが、すぐに気丈さを取り戻した。

「姉さん——」

「構いません」

しのぶが決意を込めた声を姉にかけ、カナエが力強く肯く。

「〝最終選別〟を生き残り、必ず再会してみせます」

悲鳴嶼は瞑目(めいもく)し、それから修業用の岩に片手をおく。手のひらを介して冷たくごつごつとした岩肌が伝わってくる。

「試練は簡単。この岩を動かしなさい。この岩を動かすことが出来れば、私は君たちを認めよう」

自分でも無茶苦茶なことを言っているのはわかる。この岩を動かせるようになるまで、悲鳴嶼でもだいぶかかった。

これは、ていの良い厄介払いだ。

案の定、絶句する姉のとなりで、しのぶが噛みついてきた。

「バカじゃないの？　そんなこと出来るわけないでしょう？　誰が出来るのよ？　そんなこと！」

「私はこれを一町(いっちょう)、押して歩くことができる」

「そりゃ、悲鳴嶼さんはいいわよ！　熊みたいに大きいんだから！　でも、私たちに出来るわけないじゃない!!」

憤慨するしのぶに悲鳴嶼が低い声で告げる。

「出来なければ、それで許されるのか」

「な、何よ……」

「出来なければ、誰かが死ぬ。守るべき者が殺される。そんな状況でも、お前はまだ生温い言い訳を口にするのか」

辛辣な言葉に気圧されるようにしのぶが口をつぐんだ。

「出来る出来ないではない。出来なくとも、やらねばならない。力が及ばずとも、何を犠牲にしようとも、己のすべてを賭してやり遂げろ」

悲鳴嶼の声が厳しさを孕む。

「鬼狩りになるというのは、人の命を背負うというのはそういうことだ」

「…………」

「それが出来ないのであれば、今度こそ家へ帰れ」

悲鳴嶼は二人から顔を背けると、それ以上は何も言わずその場を離れた。

鎹鴉から指令がきたのは、その日の昼間だった。

悲鳴嶼が家を空けることを伝えに行くと、二人はまだ岩の前にいた。なんとか岩を押そうと、徒労のような努力を続けている。

悲鳴嶼から話を聞くと、カナエは静かに頭を下げ、

「どうか、お気をつけて。必ず、無事にお戻りください」

そう言った。

もしこの家に残るのであれば、夜は必ず、藤の花の香を焚いておくようにと、くどいほど念を押す。

「ありがとうございます。必ず、焚いておきます」

そう約束すると、カナエは少しだけ強張った声で言った。「ご武運をお祈りいたします」

しのぶからの言葉はなかった。

姉の横でうらめしそうにこちらを見ている。怒ったような、今にも泣き出しそうなその気配を背中に感じながら、悲鳴嶼は任務へと赴いた。


少女らはほどなくこの場を去るだろう。

落胆と憤りを胸に。

悲鳴嶼を怨みながら……。

そして、もう二度と会うことはあるまい。

そう思うと、胸の奥にぽっかりと風穴が空いたように思えた。その穴を冷たい風がひゅ

うひゅうと通り過ぎていく。

この穴は、しばらくの間、埋まらないだろう。だが――。

（これで、いい……）

悲しみを知るあの二人なら、強くやさしい大人になる。

子を成し、命を繋いで欲しい。

古寺で死んでいったあの子たちが得ることのできなかった、その先の人生を、どうか歩んでいって欲しい。

望むのはそれだけだ。

たとえ、それが弱い己の欺瞞（ぎまん）であったとしても……。

✵

任務を終えた悲鳴嶼が久方ぶりに帰宅すると、家の中こそ無人だったが、裏に人の気配

がした。

（この気配は……）

まさか――と思いつつ家の裏手に向かうと、例の岩の側(かたわ)らに二人の少女がぐったりと座りこんでいた。

カナエとしのぶである。

酷(ひど)く疲れているようで、呼吸が少し荒い。

悲鳴嶼が慌てて二人に駆け寄ると、ようやく悲鳴嶼に気づいたしのぶが顔を上げた。

「ああ、悲鳴嶼さん。おかえりなさい」

と疲れ切った声で言う。

その横でカナエがふらつく身体で立ち上がり、悲鳴嶼が任務に赴いた時と同じように、静かに頭を下げた。そして、お仕事、お疲れさまですと、労(ねぎら)いの言葉を口にする。

「ご無事で何よりです」

「……お前たち」

今までずっとここにいたのか、と言いかけ、悲鳴嶼はある違和感に眉をひそめた。

（岩の位置が変わっている……）

一町には遠く及ばないが、岩は確かに動いていた。悲鳴嶼は目が見えぬ分、己の感覚に絶対の自信をもっている。

だが、どうやって――。

悲鳴嶼が言葉を失っていると、少女たちが満足そうに微笑み合う気配がした。

そして、しのぶが悲鳴嶼の手を取ると、岩の下から伸びている硬い棒状のものに、悲鳴嶼の手をそっと重ねた。

悲鳴嶼は術を察した。

「梃子か……」

「そうよ」

岩の下を深く掘って棒を差しこみ作用点を作り、その近くに丸太を差し入れて支点を作る。

梃子の原理を使えば、非力な姉妹の力でも大岩を動かすことが出来る。

「これを……自分たちで考え出したのか」

「言ったでしょう？　私も姉さんも頭は悪くないの」

得意げにしのぶが答える。

「でも、まあ……何度も失敗したけど」

悲鳴嶼の手に重ねられたしのぶの小さな手は、泥まみれだった。手のひらに出来た肉刺が潰れ、皮膚がぶ厚く、硬くなっている。おそらく、カナエの手も同じ状態だろう。

悲鳴嶼が黙っていると、しのぶが不満そうに、

「何よ」

と言った。「なんか、文句あるの？」

言葉とは裏腹に、少し怯むような言い方だった。

「梃子を使っちゃいけないなんて、悲鳴嶼さん、一度も言わなかったじゃない」

大方、狡くて頭の固い大人に難癖をつけられ、約束を反故にされたらどうしようかと、案じているのだろう。

「約束は約束よ」

「――――ああ。その通りだ」

挑むように告げるしのぶの頭に手を乗せ、悲鳴嶼が頰を緩ませる。

「私は君たちを認める」

そう言うと、ようやくしのぶの小さな体を覆っていた緊張が解けた。

南無阿弥陀仏

「ホント？」

「ああ」

「では……育手を紹介して下さるのですか？」

「責任を持って、腕の立つ者を紹介しよう」

そう請け合うと、しのぶが「やった！」と喜びの声を上げ、カナエは安堵の吐息をもらした。

悲鳴嶼の胸に、久方ぶりに温かいものが満ちる。

「カナエ、しのぶ――よくぞ、やり遂げた」

初めて下の名前で呼びかける。

妹はくすぐったそうに、姉は穏やかに微笑んだ。

翌朝、姉妹はそれぞれの育手の元へと旅立って行った。

「……では、各々稽古の内容など詳細を決め、準備を進めてくれ」

そう結び、柱合会議(ちゅうごうかいぎ)を終える。

先に退出した冨岡(とみおか)以外の面子(めんつ)がぞろぞろと座敷から出て行く中、しのぶがこちらに近寄ってきた。

「悲鳴嶼さん」

「何だ……」

「私は柱稽古(はしらげいこ)には、参加出来ません」

やるべきことがあるのだという。しかも火急(かきゅう)に。

「毒か？」

「ええ」

しのぶが穏やかに肯く。「少し手間がかかりそうなので」「……そうか」

その声音は普段通りだ。

緊張もなければ気負いもない。かすかな感情の乱れすらない。

ただ春の日差しのように穏やかで、どこまでもやさしい。

それはまるで、今は亡き彼女の姉のそれのようだった。

カナエが死に、しのぶは変わった。

倒すべき鬼にすら情けをかけ続けた、やさしすぎる姉の仕草、口調、立ち居振る舞い、性格――すべてを模し、それこそ血を吐くような修練の末に、柱にまで上りつめた。

かつてのしのぶをよく知る者であれば、誰もが今の彼女の姿に驚きを隠せないだろう。

(お前は……そうしなければ、生きれなかったのか)

それほどまでに、辛かったのか。

それほどまでに、苦しかったのか。

悲鳴嶼は未だにわからなくなる。

あの日の自分の決断は、本当に正しかったのだろうか。

悲鳴嶼が紹介した育手の下(もと)で修練を積んだ二人の少女は無事、〝最終選別〟を生き残り、涙の再会を果たした。

だが、数年後、カナエは死に、しのぶは最愛の姉を喪(うしな)った。

悲鳴嶼もカナエを喪い、そして、しのぶすらも失った。

あの日、悲鳴嶼に燃えるような怒りを、鬼への剝き出しの憎しみをぶつけてきた少女は、もういない。


だが、後悔だけはしない。

いや、してはならない。

それは、最後の最後まで己を貫き、剣士として立派に死んでいったカナエの生き様を否定することだ。

そして、亡き姉の遺志を継ごうとするしのぶの想いをも……。

「それでは、お先に失礼します」

しのぶが軽く頭を下げ、悲鳴嶼に背を向ける。

その瞬間、ふと、言いようのない不安にかられた。

もう二度と、この子に会えぬような気がした。

そのたくさんのものを背負った小さな背中に、思わず、

「――しのぶ」

「…………」

幼い頃のように呼びかける。しのぶの体を纏う気が、わずかに乱れた。

ほんの一瞬。

泣き出す手前の小さな女の子がそこにいるような気がした。

だが、すぐにもとの落ちついた気配に戻り、しのぶが振り返る。

「何でしょう？」

生き急ぐな——そう言おうとし、すんででそれを飲みこむ。

本当に仲の良い姉妹だった。

互いを心の底から想い合い、労わり合い、信じ合い、いっそ自分自身よりも互いを大切にしていた。

姉の仇を討つことだけを胸に日々を生きているだろうしのぶに、それを止めろという権利など、此の世の誰にもありはしない。

「——いや……なんでもない」

どうにかそれだけ口にする。

「変な悲鳴嶼さん」

しのぶが少しだけ困ったように笑った。

姉と同じ、笑い方で――。

その背中が去って行くのを、もう悲鳴嶼は止めなかった。

第2話
正しい温泉の
ススメ

――勿論善逸みたいな速さではできなかったけど、本当にありがとう。こんなふうに人と人との繋がりが窮地を救ってくれることもあるから、柱稽古で学んだことは全部きっと、良い未来に繋がっていくと思うよ。

炭治郎にやさしく励まされ、ようやく前向きさを取り戻した善逸のやる気は、しかし、柱稽古〝第一の試練〟元音柱・宇髄天元による地獄のしごき開始後、一刻ともたなかった……。

「オラァ! 何、寝てんだ! 善逸!! のんびりおねんねしてる暇があったら、血反吐吐くまで走れや! そんなんで、上弦の鬼に勝てると思ってんのか!? サボってんと殺すぞ!!」

「ヒェッ……ヒャ――――――ッ!!」

名指しで飛んでくる叱責——というか、最早、罵詈雑言。及び、竹刀による情け容赦ない一撃に、早くも善逸が音を上げる。

（少しは、特別扱いとかさあ、そういうのはないわけ？　仮にも、一緒に上弦の鬼と闘った仲じゃん？　俺ら。頑張ったよね？　一緒に命かけて頑張ったよねえ？）

むしろ、個別認識されている分、より厳しくされているような気すらする。

伊之助はといえば、宇髄のしごきが性に合っているらしく、水を得た魚のように山道を駆け上っている。


「うおおおお!!　猪突猛進！　猪突猛進！」

「やるじゃねえか、猪！　全員、あと二十本！　善逸、てめえはあと三十本だ！」

「チクショオォォォォォおおお!!」


宇髄の怒声に、善逸の汚い叫び声が山中を木霊した。

「お前、あの人と一緒に上弦の陸(ろく)を倒したんだろ？　なんで、あんなに目をつけられてんだよ」

「……そんなの……俺の方が聞きたいですよ」

　休憩中、蝶屋敷(ちょうやしき)で一度会ったことのある先輩隊士・村田(むらた)に同情の目を向けられ、善逸が地べたに倒れこんだまま血の涙を流す。そのままジタバタと暴れた。

「もういやだ！　もう、いやだあああああ！　早く帰って、禰豆子(ねずこ)ちゃんの顔を見たい！　癒されたい！」

「なっ？　お、お前、まさか……恋人がいるのか？　我妻(あがつま)」

　村田を始め、その場にいた数人の隊士がどよめく。

——が、泣きながら悶(もだ)える善逸をまじまじと見つめ、

「ないな」

と声を合わせた。

張りつめていた空気が一瞬でほわんと和む。モテない男同士。かつてない一体感がそこにはあった。

「うん、ない。絶対ない」

「そういう妄想をして、淋しい心を紛らわしてるんだろ」

「わかるよ」

「俺もいるぜ。脳内彼女」

「マジか？　お前も」

「顔は胡蝶様」

「俺は、恋柱様」

「俺……蝶屋敷の継子の娘、結構、好き」

と、善逸を余所に盛り上がる。善逸は思わずその場に身を起こし、

「いや、禰豆子ちゃんいるからね？　蝶屋敷で、ちゃんと俺のこと待っててくれてるからね？　妄想とか言わないで！　悲しくなっちゃうから！」

「いいんだよ。我妻」

「無理すんな」

「これも食うか？」

「元気出せよ」

「いやいやいや、そんなやさしい声で言わないで？　禰豆子ちゃんはホントにいるんだって！　きっと、次に会った時には『おかえり、ぜんいつ』って俺の名前を呼んでくれるんだ！　そんでもって俺は禰豆子ちゃんを娶(めと)って、毎日、寿司やうなぎを食べさせてあげて、綺麗(きれい)な着物を沢山買ってあげて、末永く幸せに暮らすんだ!!」

「うんうん」

「そうだよな。我妻」

「うなぎ美味(うめ)えよな」

「俺らは、いつまでもお前の味方だからさ」

「ガンバ！」

先輩たちの生温(なまあたた)かくも、やさしい眼差(まなざ)しが善逸を更に追い詰める。

　そこへ、

「塵共(ごみども)、休憩は終わりだ」

　宇髄が竹刀をバシバシ言わせながらやってきた。肉体的な限界を理由に柱を引退した男とは思えぬ、威圧感だった。むしろ、何故、引退したのかわからないほど溌剌(はつらつ)としている。

最早、若手をいたぶるのを楽しんでいるとしか思えない。

「各自、倒れるまで山の上り下りな。――それから、善逸。てめぇは特別訓練だ」

「え……」

さあっと血の気が引いた善逸が、村田らに助けを求める。

だが、今までいつまでもお前の味方だと豪語していた心やさしき先輩たちは、善逸に背を向けると、脱兎の如く立ち去っていった……。

「温泉を掘れ」
「は？」
どれほど恐ろしい仕打ちが待っているかと怯えていた善逸だが、さすがにこれは想定外だった。想像の斜め上を行っている。
「なんて？」

と、善逸が聞き返す。

「すみません。今、なんか幻聴が聞こえたんですけど……」

「温泉を掘り当てろ。それまで、てめえは飯抜きだ」

宇髄はそう言うと、「ホレ」と鍬を投げて寄越した。

反射的に「……あ、どうも」と受け取ってしまう。よく使いこまれた鍬はずっしりと重かった。

それからしばらく、手の中の鍬を眺めたりしていたが、

「はあああああああ⁉」

ようやく、善逸が両目を見開いた。そして、もう一度「はああああああああああああ⁉」とわめく。

「アンタ、何、言っちゃってんの？　アタマ大丈夫ですか？　大体、温泉ってそんな簡単に掘れるもんなの？　掘れないよね？　ああ、嫌がらせ？　嫌がらせですか。そっちがその気なら、俺はこれで帰らしてもらうんで。お世話になりました！」

そこまで一気にまくし立て、善逸がくるりと元柱に背を向ける。

だが、当然、激怒すると思われた宇髄は、

「あっそォ」

あっけらかんと応じた。それ以上、罵声が飛んでくることもなければ、竹刀が善逸の脳天をかち割ることもない。

（やだ……何、これ……想像と違くない？　怖くない？）

その反応の無さに逆に不安を覚えた善逸が恐る恐る振り返ると、宇髄が思わせぶりに片目を細めた。隻眼になって尚、嫌味なくらいに男前だ。

「そりゃ、残念だなぁ。温泉を掘り当てたら、混浴にするつもりだったんだが」

「こ、こここここここここ混浴ぅ……っ⁉」

善逸が過剰に反応する。

「こここ混浴って、あ、あれ？　アレかな？　男女が一つの湯に浸かる……あ、あの幻の――」「ああ」

宇髄が平然と肯くのを見て、善逸が「混浴……女の子と混浴」と感動に打ち震えるも、途端に我に返ると、

「あー、そうか。そーいうことですか」

急に白けた調子になって言った。

「まぁ～た、アンタに騙されるとこだったよ。そんなこと言ったって、今回の柱稽古に参加してんのむさ苦しい男ばっかじゃん。野郎に囲まれて風呂なんて、なんも面白くねぇわ」

冷めた口調でそう言い善逸が再び歩き出そうとすると、

「雛鶴」

ボソリと告げられた名に、善逸の足が止まる。

「⁉」

「まきを」

「‼」

「須磨」

「……────」

宇髄が自身の三人の嫁の名前をゆっくりと上げる。そして、フフンと思わせぶりに嗤った。

「ここには、あの三人もいるぜ？　てめえも、アイツらが作った飯、食っただろ」

（雛鶴さん、まきをさん、須磨さん────）

くのいちである彼女たちは、顔のうつくしさもさることながら、なんとも魅惑的な肉体をしている。すらりと背が高く、それでいて出るところはしっかり出ている。

「アイツらは温泉に目がねえからな」

「…………ど、どーせ、忍たるもの服着て入るとか、そんなオチでしょ？　はいはい。わかってるから。アンタの考えそうなことぐらい。ちゃーんとお見通しですよ」

内心の動揺を必死に隠し、善逸が尚もひねくれた態度を取り続ける。

が――。

「ハァ？　温泉入んのに服着てるわけねえだろ。忍だろうがなんだろうが、裸だよ。裸」

「！！！」

その瞬間、善逸の頑（かたく）なな心が一気に崩壊した。

今にもその両手をとらんばかりに、宇髄に近づき、

「宇髄さん!!　いや、宇髄様！！！！！！！　天元様！！！！！！！！！」

「近えよ!!　で？　やんのか？　やんねえのか？」

「もちろん、やらせていただきます！！！」

鼻息も荒々しく、善逸が血走った眼で叫ぶ。

今なら、宇髄が『神と呼べ』と命じたら神と呼んだだろう。

（雛鶴さん、まきをさん、須磨さんと混浴かあ…………ウィッヒヒッ）

善逸は鍬の柄を握りしめると、まだ見ぬ桃源郷（とうげんきょう）を思い描き、なんともしまりのない顔で笑った。

鼻の下をデレーッと伸ばした――それこそ、決して、女性にはモテないであろう顔で……。

✵

「よし。じゃあ、炭治郎！　俺が音を聞くから、お前の鼻で温泉の匂いを嗅ぎ取ってくれ――って、そういや炭治郎いないじゃん！」

宇髄の姿が見えなくなるのを待って、善逸が勢いよく自身の右隣に声をかける。
だが、そこに炭治郎の姿はない。そこでようやく友の不在を思い出した。
上弦の肆と闘い体中の骨が折れた友は、未だ静養中だ。
長男気質で心根のやさしい彼は、これまでも数えきれないほど善逸を助けてくれた。
結果、息をするように炭治郎を頼ってしまう善逸である。
その炭治郎がいないとなると……。
「まずいぞ。他に誰か……」
源泉を探り当てるにも、実際に地面を掘るにも、協力者は必要だ。

（まずは力だよな。一発で温泉が掘り当てられるかわかんないし）

その上で、炭治郎や自分のような特殊な感覚があると、尚、良いのだが——。

そこまで考えたところで、近くの茂みがザワザワと動き、中から何か大きなものが飛び出してきた。

「うおおおおおおお‼」

「うわ⁉」

「猪突猛進！　猪突猛進！」

てっきり獣か何かだと思ったそれは、伊之助だった。

ただ山を駆け上がるだけでは飽き足らなかったのか、手作りらしき背負子に巨大な石までのせている。

「なんだ、伊之助かよ……びっくりさせんなよ。お前も、山の上り下りしてんの？　そんなバカみたいにデカい石まで背負って。というか、お前。次の柱のとこに行っていいとか言われてなかった？」

「ああ。今朝、言われた」

「じゃあ、早く行けよ。何してんだよ」

「最後に祭りの神に一矢報いてからじゃねえと、口惜しいからな」伊之助が利き手の拳にぐっと力を込める。「せめて、一撃は入れてやりてぇ」

（コイツ、宇髄さんのこと、まだ祭りの神だと思ってやがる……）

善逸がげんなりする。それ以上に、稽古終了のお墨付きをもらって尚、今まで以上の修練を自ら積もうとする伊之助のやる気にうんざりした。

炭治郎もそうだが、伊之助も恐ろしく前向きだ。

自分が飛び抜けて後ろ向きなのではなくて、この二人がそれはもう驚くくらい前向きなのだ。

「やっぱり、お前変だよ。おかしいよ」

「で？　お前は何してんだ。サボりか」

「サボりじゃねえよ。特別な訓練だって、宇髄さんに言われて温泉掘ってんだけどさあ……」

はあーとため息を吐く善逸に、

「おんせん？」

伊之助が不思議そうに問い返す。発音が変だ。

「おんせんじゃなくて、温泉」

「おんせんってなんだ？　掘るってことは、筍みたいなもんか？　美味えのか」

「ええ？　お前、温泉知らないの？　温泉だよ？」

「食ったことねえ」

「『一矢報いる』とかいう言いまわしや、変な古語で出来た古くさい歌とかは知ってるくせに、温泉知らねえとか、お前ってホント変わってるよね。謎だよ。お前っていう存在すべてが謎。わけわかんない」

「グチグチ言ってねえで、さっさと食わせやがれ！　この鈍逸が」

「いや、食べ物じゃねえし、鈍逸でもねえよ。温泉っていうのは地面からわき出したお湯のことで、温かくって気持ちよくって、しかも、混浴で――もうホント幸せな混浴で――夢のような混浴の――大きな風呂みたいなもんだよ」

「蒟蒻？　蒟蒻がどうして風呂なんだ？　お前、頭大丈夫か？」

「お前に言われたくないよ！　蒟蒻じゃなくて、混よ……」

言いかけた善逸が、はたとそれを止める。

「『こんよ』？」

無言で、目の前の伊之助をまじまじと見る。

炭治郎と同じくらい力持ちで、鋭い感覚を持った人物……というか、猪。

いた。

瓢箪から駒ではないが、これ以上の適任者はいまい。

（ただ、なあ……）

人のいい炭治郎なら、善逸が頼めば喜んで手伝ってくれるだろう。

だが、伊之助はそういうわけにはいかない。

というか、基本他人の話を聞かない。恐ろしいほど聞かない。普通に頼むだけでは、まず聞き入れてもらえないだろう。

「こんよ……なんだ？」

「…………なあ、伊之助」

善逸はしばらくの間、必死に頭を悩ませ、やがて思いついたことを口にした。

「お前、もっと強くなりたい？」

「ああ？　当たり前なこと言うんじゃねーよ。普通、強くなりてえだろ。弱味噌のてめえと一緒にすんな」

「うんうん」

いつもならばイラッとくる物言いだが、善逸は真剣な顔で何度も肯いてみせた。そして、

「なら、今すぐにでも温泉に入るべきだ」「はあ？」

きっぱりと告げる善逸に、伊之助が猪頭を傾げる。

「なんで風呂入って強くなんだよ。お前、とうとうやばくなっちまったんじゃねえか」

「知らないのか、伊之助？　温泉ってそれぞれ効能が違うんだけど、この山に眠ってる温泉は、『入ると強くなる成分』が大量に含まれてるんだ」

「入ると強くなる……成分だと？」

伊之助の喉（のど）がごくりと鳴る。彼の中で『温泉』への興味が急速に大きくなっているのがわかった。

「そんなもんが、あんのか……」

「ああ、あるね」

「それに入りゃあ、あの祭りの神より強くなれるのか？」

「おう！　あんなおっさんなんて目じゃねえよ」

「じゃあ、あの半半羽織（はんはんばおり）もか？」

「半半羽織？　誰だかわかんないけど——その半半羽織もきっと倒せるって。だから、今すぐ一緒に掘ろうぜ。混浴——じゃない、俺たちの夢の温泉をさあ！」

善逸が両目をキラキラと輝かせながら、声高（こわだか）に伊之助を誘う。

伊之助は黙ったままだ。

一瞬、あまりにもわざとらしかったかと心配したが、ほどなく、

「掘って掘って掘りまくるぜ！　忠逸！　俺様について来な!!」

と伊之助の気合を込めた叫びが、夕暮れ前の山に頼もしく響きわたった。

伊之助の〝勘〟に、善逸の〝音〟――。

その二つを持ってしても、源泉を探すのは容易ではなかった。

何せ、宇髄の稽古場になっている山は、存外に広く嶮しい。その上、あやしい場所が見つかったとしても、かなり深く掘らねば、温泉はわき出さない。

しかも、そこまでやって尚、ことごとく空振りに終わるのだから、早くも心がくじけそうだ。

「どういうことだ!?　なんもでねえじゃねえか！」

「仕方ねえだろ……俺だって、温泉なんか掘るの初めてなんだから」

「ムッキ――――ッ!!」

「癇癪(かんしゃく)起こすなよ。気持ちはわかるけどさあ……」


もう何度、無駄に土を掘り返したことか……。

やがて、山が真っ赤に染まり、それからあっという間に夜のとばりが下りてしまうと、善逸は本気でくじけそうになった。

すると、

「おーい! 我妻~ぁ! どこだぁー?」

「ん? アレは、村田さんの声だ」

聞き覚えのある声に、善逸が立ち上がる。

声のする暗闇に向かって大きく両手を振ると、村田他二名が大きな風呂敷を抱えてこちらに向かって手を振り返してきた。


「さっきは、悪かったな」

「元音柱様が怖くて……」

「ホラ、こっそり飯持ってきたぞ。これ食って、元気出せよな」

「村田さん……みんな」

善逸がぐすんと鼻を啜る。

風呂敷包みの中には、かなり大ぶりなおにぎりが十個入っていた。

「冷たい水もあるぞ」「……うぅ」

竹筒を手わたされ、感激のあまり泣き崩れる。

さっきは、『あんなこと言っといて、とっとと逃げやがったな。この薄情者どもめが。地獄へ堕ちろ』などと思っていたが、根は良い人たちなのだ。

感謝を胸におにぎりを口へ運ぶ。にぎり方があまい上に、かなりしょっぱかったが、疲れた体には丁度良かった。

伊之助など、一度に二つのおにぎりを頬張っている。

「あー、おにぎりうめえー」

おにぎりの脇に大量に添えられた大根の漬物とイナゴの佃煮もうれしい。

「でも、どうやってこっそり持ってきたんですか？　コレ」

「ああ……これは、須磨さんに頼んだんだ。あの人が一番、頼みやすかったし」

須磨はちょっぴりドジッ子といった感じが可愛い、ほんわりとした雰囲気の女性だ。

「ホラ、食え。食って元気つけろ。何やらされてんだか、知らねーけどさ。腹が減っては何とやらだろ」

「……ホント、ありがとうございます」

善逸が改めて礼を言う。

「いいって」

「俺らもう仲間だろ」

「美人の嫁が三人もいる元柱になんか負けんじゃねえぞ」

気のいい先輩たちは、それからすこしの間しゃべって、帰って行った。


三人が戻って行った後も、しばらくの間、善逸はじーんとしていた。

そして、一個目のおにぎりを食べ終えると、最後の一つに手を伸ばす。

すると、すでに八個平らげている計算の伊之助の方から、

――ぐうううううううううううううううううううう〜〜〜〜っ

という地響きのような音がした。思わず、善逸が手を止める。

「お前、そんだけ食べて、まだ腹減ってんの？」

呆(あき)れたように尋ねつつも、

「なら、それも食えよ。俺は混よ――温泉で胸がいっぱいで、食欲そんなねえし」

いつになく、懐の広いところをみせる。

だが、伊之助の反応が妙だった。

「何、言ってんだ？　俺じゃねえぜ」

「え……？　だって今の音は――」

善逸が小首を傾げる。

――ぎゅるるるるるるるるるるうううううううう……

今度はしっかり、伊之助の背後から聞こえた。

「ま……まさか……これって」

善逸が恐る恐る目を凝らす。

暗い木々の奥に巨大な熊(くま)が立っていた。

片目が古い傷で覆われたその熊は、普通の熊のゆうに二倍はあった。口の両端から、滝のような涎(よだれ)を垂れ流している。


「ギイィィヤアアアアアアアァァァァァ！！！」

「落ちつけ！　この程度の熊公、俺様がすぐにしとめてやるぜ!!」


頼もしい友の言葉も、動転した善逸には届かない。

「おおおお美味しくない!!　きっと、美味しくないよ！　俺！　真面目(まじめ)な話！　伊之助も筋肉ばっかで筋張(すじば)ってて不味(まず)いから！　ギャア――――!!」

近くにあった大木に半ば駆けるように上(なか)っていく。

「半逸(はんいつ)！　その木は――」

「え？」

巨大な熊と組み合っていた伊之助が叫ぶ。

我に返った善逸が「な、なになに？」と慌てた瞬間、視界がぐらりと揺れた。

「中が腐ってんぞ」

「早く言ってよね⁉　そういうことはさああああああああ！！」

善逸が泣きながら大木とともに倒れる。

「痛たたた……っ」

肩を押えながら立ち上がった善逸の耳に、今度は、

――ぶうううううううううううん……

なんとも嫌な音が聞こえてきた。明らかに羽音だ。ある虫の。

「…………」

恐る恐る、善逸が音の方を見る。

倒れた木の幹に巨大な蜂の巣があった。

何万という怒れる雀蜂（スズメバチ）がそこから出てくる。

「ギャッギャッギャッギャアアアアアアアアンヌ！！」

絶叫する善逸を余所（よそ）に、

「熊公を片付けたら、そっちも手伝ってやるから、一匹ずつ仕留めていけ！」

「バカなの⁉　雀蜂だよ？　死ぬよ？　死んじゃうよ⁉」

「雄に毒針はねえ。先に雌を仕留めろ。まあ、ほとんど雄はいないけどな」

「どっちが雄とか、わかるか！　わかってたまるかァ‼」

全身全霊でそう叫ぶや否や、丁度、熊を投げ飛ばした伊之助の腕をむんずと摑むと、善逸は脱兎の如くその場を離れた。

「はーはーはーはー……あー、もう……あーもう、死ぬかと思ったホント死ぬかと思った生きててよかったよホント禰豆子ちゃんありがとう俺を守ってくれてありがとう」
どこをどうやって走ったかわからないほど夜の山を駆け巡り、ようやく熊と蜂の猛追から逃れた善逸は、肩で息を吐きながら地面にうずくまった。
そんな善逸に伊之助が食ってかかる。
「どうして、俺を引き摺りやがった！」

『敵前逃亡』という行為が彼の誇りをいたく傷つけたのだろう。カンカンに怒った伊之助は今にも斬りかからんばかりだ。

「俺なら、熊も蜂も倒せた！　余計なことすんじゃねえ！」

「あーそうですか。確かにお前なら、仕留められただろうよ。山の王だしさ。だけど、あれ雀蜂だったし、木を倒したのは俺だし、俺のせいでお前が怪我したり死んだりしたら、嫌だろ？」

「………」

「だから、連れて逃げたの。はいはい、俺が悪かったよ。すみませんね。考えなしでさ」

善逸が投げやりに言うと、何故か伊之助の抗議がピタリと止まった。

そして、しばらく経ってから、

「俺をホワホワさせんじゃねえ！　この弱味噌が!!」

と今度はわけのわからない怒り方をし始めた。

「総治郎といい、てめえといい、隙あらば俺をホワホワさせやがるからな！　今度、それやったらぶっ殺すぞ！」「はぁ？」

不思議なのは、伊之助から聞こえる〝音〟が、決して本気で怒っているわけではないことだ。

戸惑っているようなそれは、不安定で、妙に幼く、それでいてひどく頑なな音だった。
（ホント、なんなの？　面倒な奴だな……）
善逸がげんなりする。
炭治郎がここにいてくれれば、こんな時、伊之助を上手く宥めてくれたろうに。
もう、なんか疲れたと、仰向けにゴロリと寝転がる。
木々の間からたくさんの星が見えた。
炭治郎はどうしてるだろう。あれから、少しでも良くなっただろうか？
（体中の骨が折れるまで戦ったんだよなあ……アイツはホントすげえよ）
もし、温泉が掘れたら炭治郎の傷にも効果があるだろうか。
だとしたら、入らせてやりたい。
そんなことをぼんやり考えていると、かすかな水音のようなものが聞こえてきた。
ガバッと起き上がった善逸が、全神経を耳に集中させ、研ぎ澄ます。
間違いない。
ここから少し離れたところの地下に、何かが眠っている。
（これって……）
善逸が伊之助を見る。

伊之助がその視線を受け、泰然と肯く。

「気づいたか、紋逸（もんいつ）」

「い、伊之助……あれって、まさか」

善逸の声が期待に上ずる。

「俺はおまえより先にわかってたぜ」

伊之助が猪頭を得意げに反らせた。

✵

「へぇ。よくやったじゃねぇか、お前ら」

わき出した温泉を前に宇髄が、いつにない上機嫌で泥まみれの二人を労（ねぎら）う。

温泉としては比較的浅いとはいえ、かなりの深さの土を掘った善逸・伊之助の両名はまるで泥鼠（どろねずみ）のような状態だった。

すでに東の空が白ばみ始めている。

「上出来だ」

「へえ、すごいもんだねえ。温泉掘り当てちゃうなんてさ」

「温泉なんていつぶりかしら」

「わあ～。天元様、みんなで一緒に入りましょうね⁉　ね⁉」

まきを、雛鶴、須磨の三嫁が華やいだ声を上げる。温泉に目がないというのは本当のようで、今にでも着物を脱いで湯に浸かりそうな勢いだ。

（ついに……ついに、美女くのいち三人と混浴……）

善逸の鼓動が速まる。気を抜くと、興奮のあまり鼻血が噴きだしそうだ。

「俺が一番に入るぞ！」

伊之助が一同に向かって、声高に宣言する。

「そんで強くなって、お前を倒す！　祭りの神！」

「は？　強く？　何言ってんだ、お前」珍妙なポーズからのビシッと指をさされ、宇髄が訝（いぶか）しげな顔になる。「頭、大丈夫か」

「お前こそ何言ってんだ？　温泉入ると強くなるんだろ」

「はあ？」

伊之助と宇髄のやりとりに、「混浴、混浴」と浮かれていた善逸が、一転、さあっと青ざめる。

伊之助を『温泉に入れば強くなれる』と騙して、協力させていたのをすっかり忘れていた。

「そ、その話はさ、ひとまず横においといて……折角だから、みんなで温泉に……──」

やんわり止めに入ろうとするも、宇髄が止めの一言を放った。

「温泉入って強くなるわけねえだろ。脳味噌爆発してんのか」

「…………」

（うわっ……言っちゃった！　はっきり言っちゃったよ、このおっさん！　少しは、空気読めよ！）

善逸が頭を抱える。

伊之助はといえば、無言でその場に凍りついている。

「い…………い、伊之助？」

恐る恐る友の名を呼んだ途端、猪の目玉がギロリと光った。

「ヒイィィ‼」

「……てめえ…………まさか、俺様に嘘ついたんじゃねえだろうな」

「ヒッ！　ち、違っ……」

かつてなく怒気を孕んだ声に、善逸がたじろぐ。

「もしそうなら、この場でぶっ殺す」

「違うんだって！　伊之助！　これには、海よりも深いわけが――――」

真っ青な顔に善逸が冷や汗を垂れ流しながら後ずさる。

その足の裏が、つるりと滑った。

「オイ、善逸。お前の足下の山苔(やまごけ)、温泉の湯で濡れてるから危ねえぞ」

宇髄の声がひどく遠くに聞こえる。

善逸の視界が大きく揺れた。

そのまま背後に倒れた善逸は、運悪く倒れた先にあった岩に頭をぶつけ、気を失った
……。

✵

「これが温泉か。風呂よりずっと気持ちいいな」

肩まで湯につかった伊之助は、あれほど善逸に怒っていたこともコロッと忘れ、すっか

り温泉を満喫している。

「あんま長く入ってるとのぼせんぞ」

先に上がった宇髄が声をかけると、

「うるせー！　俺様に指図すんじゃねえ」

そう言い、ジャバジャバと泳ぎ始めた。

「あの野郎」

と舌打ちしつつも、雛鶴の目には夫はそれほど怒っていないように見えた。

「おう、雛鶴。そのアホの具合はどうだ？」

「まだ目が覚めません。頭を打っているので、一応、ここで様子をみようかと」

横にならせた善逸は、未だに気を失っている。時折、「混浴……」とうめくのが何とも哀れさを誘う。

「まきをと須磨は？」

「皆の朝ご飯を作りに戻っています。温泉にはまた夜にでも改めて入ると話していました。天元様もそろそろ――」

「ああ」

雛鶴がそれとなく促すと、宇髄は軽く肯き、温泉ではしゃぐ伊之助に視線を戻した。

「俺は塵共に稽古をつけに戻るが、猪、テメェはもう次の稽古場に行け。そん時は、このバカも連れてけよ」

「行くのはお前に勝ってからだ！　祭りの神！」

「ハッ、百億万年早えよ」

宇髄が鼻で嗤う。

雛鶴は善逸の額に浮いた汗を冷たい手ぬぐいで拭いてやりながら、夫の端正な横顔を見つめた。

機嫌がいいのは、温泉に入ったせいばかりではないだろう。

天元様、と呼ぶと、夫が物憂げに振り返ってきた。

「どうした？　雛鶴」

「本当は、温泉は口実で、この子の基礎体力を底上げするのが目的だったんじゃないですか？」

てっきり否定されるかと思っていたが、夫は呆気(あっけ)なく「まあな」と認めた。

それに、びっくりする。

雛鶴の知る宇髄は少なくとも、こういう時に、素直に肯くような男ではなかった。

「このアホは、隙がありゃあサボろうとするからな。あの猪が一緒になって手伝ってたのは意外だったが、案外、良いコンビじゃねえか」

楽しそうに語る夫を、雛鶴は初めて見る男のように見つめた。

――こいつらは三人とも優秀な俺の〝継子〟だ!!

吉原の路地裏で聞いた夫の言葉を思い出す。

何故か、あの時、泣きたいような気持ちになった。

片腕と片目を失い、柱を退いた夫は、終ぞ、自らの技のすべてを伝える継子を持つことはなかった。

忍の業を背負い、人を救う為、鬼を斬り続けた夫の最後の戦いをともにしたのが、この少年たちで本当によかったと思う。

「――この子たちが……本当に天元様の継子だったら」

気づけば、そうつぶやいていた。夫は少しだけ驚いたようにこちらを見、それから少しだけ笑った。

何を言い出すんだというようなその笑顔に、雛鶴は胸の奥がかすかに軋むのを感じる。

「俺は誰かを育てられるような、御大層な人間じゃねえよ。煉獄や胡蝶とは違う」

夫の声はやさしく、どこか淋しかった。

(天元様……)

時折、この人は、本当はとても繊細な人なのではないかと思う。

忍として育てられなければ。幼い頃から人を殺すことを強要されなければ。普通の人間として、陽の当たる場所で生きることができたなら——。


本当のこの人は、きっと、やさしい人だ。


(アナタは今、育てようとしているじゃないですか……)

かつてともに闘った少年たちを。

自分なりのやり方で鍛え、この先、激化するであろう戦いを生き延びさせようとしているではないか。

そう思いながらも、雛鶴はそれを夫に伝えることはしなかった。

最後の任務の前、あの焼けるような茜空の下で誓い合った。

すべてが終わったら、陽の当たる場所で人として生きようと。

その時、この中の誰が欠けてしまっていても恨むまいと。けれど、こうして全員で生き残ることができた。隊の明日(あした)を担う子供たちを鍛えることができた。

それだけで、もう十分だ。

「オイ、お前、完全にのぼせてんじゃねえか。さっさと出ろ、ボケが！」

「うっせー……だから、俺に…………指図すんじゃね、え…………」

「……うぅ………混よ、く…………俺の……混浴がぁ…………」

夫の呆れた声に茹蛸(ゆでだこ)のようになった伊之助がうめき返し、善逸までもが譫言(うわごと)をもらす。

「ああ、もう。面倒臭えな。お前らは。さっさと時透(ときとう)んとこに行っちまえ！」

（ふふ……）

雛鶴は小さく微笑(ほほえ)みながら、目を閉じた。

その瞼(まぶた)の奥に、一段と逞しく成長した三人の少年と、その脇で隠居然と文句をつける夫の笑顔が見えた気がした――。

第3話
甘露寺蜜璃の
隠し事

——初めて会った時、なんてキレイな子なんだろうって、思った。

真っ白な肌に澄んだ菫色(すみれいろ)の瞳。

驚くほど華奢(きゃしゃ)で可憐(かれん)で。

誰にでもわけへだてなくやさしくて。

でも、鬼(おに)を殺す毒を作れちゃったりする。

強くて賢くて、可愛(かわい)くて、凛々(りり)しい——とっても素敵な女の子。

仲良くなれたらうれしいな。女の子同士だし、いっぱいおしゃべりとかできたらなって……。

だから、偶然その話を聞いた時、頭の中が真っ白になって、何も考えられなくなった。

『胡蝶(こちょう)様は目の前で鬼にご両親を殺されていますしね。その上、お姉様のカナエ様まで……あんな形で——』

ああ……。

知らなかったの。

しのぶちゃん。私、知らなかったの。

『あのね、私は添い遂げる殿方を見つけるために鬼殺隊に入ったの。やっぱり自分よりも強い人がいいでしょ？　女の子なら。守って欲しいもの。ねえ、しのぶちゃんもそうじゃない？』


知ってたら、あんなこと言えなかった。

あんな浮わついた理由。

しのぶちゃんの過去を知ってたら、絶対に言えなかった。

ああ、なんてバカなんだろう。

あの話をした時、しのぶちゃんはどんな気持ちがしたのかな？

ちょっとびっくりした顔になって、それからいつもと同じ顔で『そうですねえ……どうでしょうか』『甘露寺さんなら、きっと素敵な方が見つかりますよ』って言って笑ってくれたけど。

きっと、すごく嫌だったよね。

腹立たしかったよね。

こんなふざけた奴と一緒にいたくないって思ったかな。


ねえ、しのぶちゃん……。

私。

私ねえ――。

✽

「甘露寺さんの様子がおかしい？」

胡蝶しのぶは、いきなりやってきた同僚を前に小首を傾げた。

ここは、蟲柱である彼女が暮らす蝶屋敷内の診療室である。鬼に効く毒を開発する一方、戦闘で負傷した隊士を治療及び看護したりもする。

ゆえに、ここを訪れるのはほぼ怪我人だ。

だが、同僚・伊黒小芭内は掠り傷一つ負っておらず、顔を合わせるなり真面目な顔で恋柱・甘露寺蜜璃について案じ始めた。

「どうおかしいんです？」

「どこもかもだ。満遍なくおかしい。お前、気づかないのか」

しのぶの問いに伊黒が責めるようにこちらを見る。

示し合わせたように、首に巻いた蛇が長い舌をチロリと出す。蛇柱である彼の愛犬ならぬ愛蛇・鏑丸である。

「んー、そうですねえ……」しのぶが自分の上唇の辺りを人さし指の先でそっとなぞる。

一番最近行われた柱合会議の様子を思い出してみるが――。

「特には何も」

「お前の目はどこについているんだ。その無駄に大きな目は節穴か？　飾り物か？」

ネチネチとした言葉の応酬の後、伊黒が盛大なため息を吐く。

こちらはアナタのように甘露寺さんと頻繁に文通しているわけじゃないんですよ、という言葉は飲みこみ、

「それはそれは、すみませんでした」

しのぶが笑顔で謝罪する。

鬼の活動出来ぬ昼間とはいえ、重責を担う柱の面々は多忙を極める。それを押してまでやってきたのだから、伊達(だて)や酔狂ではあるまい。

こう見えて、伊黒は飛び抜けて仲間想いだ。

「伊黒さんの感じられた範囲で結構ですので、甘露寺さんのおかしな点を教えていただけますか?」

しのぶが改めて尋ねると、伊黒は神妙な面持ちで肯(うなず)いた。

そして——。

「五十本だ」

「はい?」

「いつもならば百本は食べる団子を、五十本しか食べなかったんだ。いいか? 五十本だぞ? あの甘露寺が。大好物の団子を」

「………」

血走った伊黒の両目に真っ正面から見据えられ、しのぶが思わず後退(あとじさ)る。

反対に伊黒が身を乗り出してきた。

「それに、俺の手紙に対する返事が非常に素っ気(そけ)ないんだ。ひどく簡素で、他人行儀でさえある。何故だ？　おかしい。何もかもがおかしい」

「アオイ。伊黒さんがお帰りですよ」

伊黒にくるりと背を向け、診療室の外に向かってしのぶが声を上げる。「伊黒さん、お帰りはあちらです」

「それだけではない」

伊黒がしのぶの皮肉をものともせず、話を続ける。「先の柱合会議の折、甘露寺は柱の誰の目も見ようとしなかった。柱だけではない。お館様（やかたさま）の目もだ」

しのぶが驚いた顔で同僚を振り返る。

柱ならば誰もがお館様――産屋敷耀哉（うぶやしきかがや）を尊敬し心の底から慕っている。蜜璃もごたぶんにもれず、お館様に心酔している。しのぶが知る限り、蜜璃はお館様の決定に逆らったことがない。一にも二にもお館様といった具合だ。

そのお館様からすら目を逸（そ）らすとなると、さすがにおかしい。

「その後も、時透（ときとう）が甘露寺の落としたハンカチを拾ったそうなんだが、声をかけようとしたところ、天井近くまで飛び上がって、逃げるように立ち去ってしまったそうだ」

「確かに妙ですね」

いつもの蜜璃であれば、キュンと胸をときめかせ『ありがとお〜。無一郎（むいちろう）君』と素直に感謝の意を示したはずである。

「甘露寺さんの様子がおかしいのに気づいたのは、その時が初めてですか？」

「いや、その十二日ほど前にはすでに変だった」

細かい日数がすんなり出てくるところなど、ツッコミどころ満載だが、だとすると、もう半月近くも様子がおかしいということになる。

さすがに心配だ。

「何か体に不調があるのかもしれん。俺もそれとなく、本人に探ってみるが、お前も気にかけてやってくれ。いいな？　胡蝶」

伊黒はそう結び、しのぶが肯くのを見届けると、言いたいことは伝えたとばかりにさっさと帰ってしまった。

一人取り残されたしのぶは、診療室の椅子に腰かけた。

わざわざ出向かずとも、手紙に書いて鎹鴉（カスガイガラス）に運ばせればよかったはずだ。それだけ蜜璃の身を案じていたのだと思えば、微笑（ほほえ）ましくもあるが……。

「――やれやれ。伊黒さんはホント、甘露寺さんのことになると途端にポンコツになりますね」

背もたれに体を預け、しのぶが小さくため息を吐く。

唯一同性の柱である甘露寺蜜璃の愛くるしい顔を思い浮かべた。

『しのぶちゃん、しのぶちゃん』

屈託のない笑顔で仔猫（こねこ）のように懐いてきてくれる年上の人。

しのぶは脳裏に浮かんだその姿に、そっと両目を細めた。

窓の外では吹きつける風が、葉だけになった桜の枝をしきりに揺らしていた。

薄く柔らかな刀が、まるで生き物のように闇夜を走る。

「恋の呼吸壱（いち）ノ型（かた）・初恋のわななき！」

大きくしなった刀が、巨大な鬼の肉を目にも止まらぬ速さで斬り裂いていく。

鬼の頸が地面にゴロリと転がると、蜜璃は小さく息を吐き出した。普段と違い、自分の体が妙に重たく感じられた。

刀の切れも悪かったように思う。

頭に靄がかかったみたいにすっきりしない。


「ありがとうございました……ありがとうございました」


助けた男女の内、男の方が何度も頭を下げる横で、女の方が震えながら尋ねてきた。

「だ、大丈夫ですか？」

「え？　大丈夫って？」

「その…………お怪我を……」

「私、怪我なんて――」

女の視線が自分の頰に注がれているのに気づいた蜜璃は、左手の甲で軽くそれをぬぐった。手の甲に血がついている。

それを見て、ようやく、自分が傷を負っていたことに気づいた。

「私たちの為に…………私たちを庇ったから」

「本当に、本当にありがとうございました……」

女の方が泣きながら謝る。男が再び頭を下げた。蜜璃は慌てて両手を左右に振ってみせた。

「ああ、気にしないで？　こんなの全然、なんでもないの。びっくりさせちゃってごめんね。そんなことより、アナタたちが無事でよかった」

そう言ってにっこりと笑うと、男の方がふっと涙ぐんだ。

「実は、家内のお腹には赤ん坊がいるんです」

「え……ホント？　赤ちゃんがいるの？」

驚いた蜜璃が女の方を見ると、女はようやく笑顔を見せた。涙に濡れた頬ではにかむように微笑(ほほえ)む。

「もう、あと三月ほどです」

そういう女の下腹部は、確かにふっくらと膨らんでいる。

「そうなんだ、おめでとう。体、大切にしてね」

「貴女は私たち家族の恩人です。本当にありがとうございました――」

男がもう何度目になるかわからない礼を告げ、その後、若い夫婦は寄り添うように夜道を去って行った。

蜜璃は二人の姿が見えなくなるまで見送りながら、ふと己の左胸に手を伸ばした。

トクントクンと心臓が脈打っている。

もし、自分の頬を斬った鬼の攻撃が、彼女の下腹部に当たっていたら……。

想像し、途端に恐ろしくなる。

特に弱い鬼ではなかった。だが、決して強すぎる鬼でもなかった。いつもの自分ならば掠り傷一つ負わずに助けられたはずだ。

（そうしたら、身重（みおも）のあの人にあんな顔をさせなくて済んだのに……）

湿った夜風が頬を撫（な）でていく。蜜璃は傷口にそっと指を這（は）わせた。

痛みはほとんど感じない。

けれど、ぱっくりと開いた傷口から、何か大事なものがボロボロと零（こぼ）れ落（お）ちていくような気がしてならなかった。

✵

「ふう……」

夜の警備を終えた蜜璃は、燦々（さんさん）と降り注ぐ太陽の日を浴びながら、ひどく重たい体を引（ひ）き摺（ず）るように街なかを歩いていた。

いきつけの飯屋に入り、天丼（てんどん）ともり蕎麦（そば）、それに焼き魚とご飯と味噌汁（みそしる）を注文する。

朝から食べるにはかなり多いような気もするが、いつもの蜜璃からすれば、十分の一ほどの量だ。

ほどなく運ばれてきたお茶をぼんやり啜（すす）る。

また一つ、ため息がもれた。

あれから懸命に自分を律し、誰かれ構わず、浮わついた想いを抱（いだ）かぬようにしている。

端的に言えば恋心を封印しているのだ。添い遂げられる殿方を見つけようという邪（よこしま）な入隊理由を返上すべく、日々ときめきを禁じて任務に当たっている。

だが、そんな彼女を嘲笑（あざわら）うかのように、蜜璃の心を無駄にときめかせるようなことばかりが次から次へと起こるのだ。

(どうしてなのかしら……こんな時に限って)

あまりのタイミングの悪さに泣きたくなってくる。

とりわけ、先の柱合会議が最悪だった。

雨宿りの先で偶然一緒になった炎柱・煉獄杏寿郎は、『風邪を引くぞ！　これを羽織れ!!　甘露寺！』と自身の羽織を羽織らせてくれるし、岩柱・悲鳴嶼行冥が、こっそり『南無。ネコ可愛い……』と仔猫を抱っこしている存外に愛らしい姿を目撃してしまうし、風柱・不死川実弥が捨て犬らしき仔犬にこっそり餌をやっているところに遭遇してしまうし、縁側でうたた寝をしていた水柱・冨岡義勇が、ガクンとなった姿を見てしまうし、宇髄にはふらふらして転びそうになったところを『危ねぇな。地味に転んでんじゃねぇよ』と抱き止められ、伊黒は新しく出来たといううどん屋に誘ってくれた。

思わず、キュン……と高鳴りそうになる胸を抑えるだけでも、げっそりしてしまった蜜璃である。

——挙句、

『蜜璃、何か心配な事でもあるんじゃないのかい？　私で良かったら、話してくれないか』

（お館様にまでご心配をおかけしちゃうし……帰り際に無一郎君が呼び止めてくれたのに、走って逃げちゃうし）

最低だ。

しのぶに至っては、緊張しすぎて顔を見ることさえできなかった。

(何、やってるんだろう……私)

極めつけは、十二鬼月でもない相手に傷を負わされてしまった。

がっくりと肩を落とした蜜璃は、お運びの女性が持ってきてくれた天丼を、もそもそと口へ運んだ。

(これで本当にいいのかな?)

ぼんやり考えていると、箸でつまみあげたはずの天麩羅が、ポロリと丼の中に零れ落ちた。

丼の中には、まだ三分の二分以上の米が残っている。

お腹は減っているはずなのに、食べたいという気持ちがわいてこなかった。それどころか、何を食べても砂を噛んでいるようで美味しくない。

こんなことは、生まれて初めてのお見合いが見事に破談して以来だ。

『甘露寺さんは普通の人と同じ体型で、捌倍の筋肉があるんです。つまり、筋肉の密度が高いんです』

そう教えてくれたのは、他でもないしのぶだ。

『ですから、いっぱい食べないとダメですよ。筋肉の多い人は基礎代謝が高いんです。少なくとも人の捌倍は召し上がってください』

『でも、女の子なのに……そんなにいっぱい食べたら、その……気持ち悪くない？　嫌われないかな』

『甘露寺さんに必要な栄養を摂るなと言うような方と、無理して一緒にいることないですよ。そういう奴はこうすればいいんです』

そう言って、愛らしい笑顔のまま、ここにいない相手をぐーで殴る真似をしてみせてくれた。

『ねえ？』

『しのぶちゃんったら……』

その言葉と笑顔にどれだけ救われたか。

しのぶと話した数日後、伊黒と食事に行った。ビクビクしながら食べたい物を頼む。柱の中でも最も小食な彼は、お茶とほんの少しの食事をとるだけだったが、蜜璃の大食を咎めなかった。むしろ、『これも食え』と更に注文してくれた。

露出の多い隊服を恥ずかしく思いながら、しのぶのように縫製係の前で焼き捨てることも出来ずにいる蜜璃に、恩着せがましいことは何も言わず、無造作に縞々（しましま）の長い靴下を差し出してくれたのも彼だ。

「甘露寺、やっぱり、ここにいたのか」

聞き覚えのある声に驚いて顔を上げると、今まさに思い浮かべていた伊黒の姿があった。それに仰天する。

「い、伊黒さん⁉　どうして⁉」

「少し話したいことがあって探していた」

伊黒は当然の如く（ごとく）蜜璃の前の席に座ると、何故か、ひどく眉（まゆ）をひそめた。

「甘露寺、どうしたんだ？　それは……」

「え？」思わずおたおたと手元の丼を見てしまう。「私、ご飯こぼしてた？」

それとも、食べ方が汚かったのだろうか？　まさか、口の周りにお米がついてるとか……。

ドギマギする蜜璃だったが、伊黒が見咎（みとが）めたのはまったく違う箇所だった。

その声が絶対零度よりもまだ低くなる。

「何故、お前の頬に傷がある」

「あ！　これ？　これは、昨日の警護の時に……油断しちゃって――」

おろおろと答えると、伊黒の両目が見る見る吊り上がった。

普段、どちらかといえば冷静な同僚のこれほど険しい顔を見るのは初めてだった。蜜璃が冷や汗をかく。

（怒ってるんだわ。柱なのに、十二鬼月でもない鬼にこんな傷を負わされて、不甲斐ないって……。どうしよう、呆れられちゃったかしら……）

ひたすら身を縮ませ小さくなっていると、伊黒がすくっと立ち上がった。

「どこだ」「キャッ」

反射的に蜜璃が肩をすくませる。

「その塵はどこにいる」

「え？」

「甘露寺の薔薇色の頬を傷物にした塵のことだ」

「え……あ、それなら……」

倒したと言いかける蜜璃の言葉を遮るように、伊黒が怨念のこもった声でうめく。「その塵は万死に値する。俺が今から細切れになるまで斬り刻んできてやる」

今にも店から出て行きそうな伊黒を、蜜璃が慌てて止める。

「ま、待って、伊黒さんっ！　もう、いないの。えっと……ホラ、その時に私が頸を斬っちゃってるから。だから……」

「……──」

伊黒はようやく我に返ったようで、その小柄な体から殺気を消すと、再び蜜璃の前の席にすとんと座った。そして、片手で自分の額(ひたい)を覆うようにして「すまん」と言う。

続けてポツリとつぶやいた。ひどく照れくさそうに──。

「俺としたことが、怒りで我を忘れた」

「……伊黒さん」

（怒ったんじゃなかったんだ……）

むしろ、それほど心配してくれたのだ。

じんわりと胸の奥が温まっていく。

思えば、伊黒は蜜璃が入隊した当初からやさしかった。何かにつけて気にかけてくれた。

そんな彼が「──甘露寺」と、どこかぎこちなく呼びかけてくる。

「何か悩み事でもあるんじゃないのか？」

「え……」

「俺で良かったら話して欲しい」

「伊黒さん……」

「俺は甘露寺の力になりたい」

「！」

真摯な声音と真剣な眼差しに、胸の奥がキュンと盛大な音を立てかけた——その瞬間、蜜璃の脳裏に胡蝶しのぶの姿が浮かんだ。

「……ッ‼　ダメ！」「甘露寺？」

弾かれたように立ち上がった蜜璃を、伊黒が呆然と見上げる。その両目を蜜璃はとても直視できなかった。

「わ、私、用事があったの思い出して……！　ごめんなさい。もう行くね？」

どうにかそれだけ言うと、店主に頼んだ品の代金を押しつけ、転げるように店の外へ飛び出した。

（伊黒さん、ごめんなさい！　ホントに、ごめんなさい）

折角、心配して来てくれたのに。

力になりたいとまで言ってくれたのに。

（でも、それじゃあ、伊黒さんにキュンとしちゃうもの……）

それでは相談に乗ってもらうどころか、ドツボに嵌ってしまう。いつものように伊黒に

頼るわけにはいかないのだ。

蜜璃は半ば逃げるように飯屋から離れた。

店から何軒も離れたところで、ようやく安堵する。

（このことは自分一人でなんとかしなきゃ。いつまでも、伊黒さんに頼ってちゃダメ）

両手で勢いよく自分の頬を叩く。

だが、頭を覆う霧は一向に晴れなかった。


そして、数日——。


「はあ〜……」

蜜璃を悩ませる不調は収まるどころか、日に日に増大していた。

なんだか、無性に息苦しく、体が鉛のように重い。そのせいだろうか。恋の呼吸が上手く使えない。明らかに弱くなっている。

(私……本当にどうしちゃったんだろう)

こんな状態で、柱としてやっていけるのだろうか。

挙句、情けない思いでいっぱいになっているところに、しのぶから伝言が届いたのだ。


――甘露寺さんの都合のつく時で良いので、蝶屋敷へ寄ってくれませんか。


いつもであればうれしいはずのその誘いが、蜜璃を更に悩ませた。

(何の用なのかしら？　しのぶちゃん)

今、会うのは気まずい。だが、まさか、無視もできない。

蜜璃が世にも重い足取りで蝶屋敷に向かっていると、背後で「あ！」という声が聞こえた。

「鬼狩りの……姉ちゃん？」

戸惑うような声に振り返ると、

「そうだ。やっぱり、姉ちゃんだ！」

そこには、以前、母親とともに鬼に襲われているところを救った少年が立っていた。よく日に焼けた顔がうれしそうな笑顔を作る。

「よかった。おいら、姉ちゃんのこと、ずっと探してたんだ」

「私を？」

蜜璃が両目を瞬かせる。

「なあに？　相談事？　困ったことでもあるの？」

「…………」

するとと、少年が急に周囲を気にするような素振りをした。そして、声を落とすと、

「実は、母ちゃんの働いてる料理屋がこの近くなんだ」

そう告げた。

どうやら、母親に知られたくない話があるらしい。

「母ちゃんに聞かれると、うるせえから」

ほんの子供がいっぱしの男のような口を利く。

「まあ……」

蜜璃が笑いを嚙み殺しながら、それだったらと、ちょっと離れたところにある行きつけの茶屋の一つに連れて行く。

茶屋の店先に並んで座ると、少年はうれしそうに団子を頰張った。

「元気だった？　大きくなったわねえ。背もすごい伸びたみたい」

「あの頃から、もう五寸は伸びたよ」

「五寸も。男の子は大きくなるのが早いわねえ」

蜜璃はにこにこと微笑んだ。

蜜璃にも丁度、このぐらいの弟がいる。ついつい、弟を見るような目で見てしまう。

「それで？　私に、お話ってなあに？」

少年はごくりと団子を飲みこむと、おもむろに口を開いた。「おいらさあ、大工になりたいんだ」

「アラ、いいわねえ。物作りが得意なの？」

「まあね。死んだ父ちゃんが大工だったから」

「まあ……」

蜜璃が返す言葉に迷う。

すると、少年の方で「父ちゃんが死んだのはもう三年も前の話だから」と気をまわしてくれた。

少年の黒々とした目が空を見据える。

「橋を架けてる時に川に流されて死んじまったんだ。腕の良い大工だったんだけど、泳ぎはあんま上手くなくて」

「…………そうだったの」

蜜璃は下唇を軽く噛んで、少年の日に焼けた顔を見つめた。

鬼から救った時、息子を抱きかかえ大粒の涙を流していた母親の姿が、しきりに思い出された。今にも額ずかんばかりに、何度も何度も頭を下げていた。

——息子を助けてくださって、ありがとうございました。ありがとうございました。ありがとうございました。

父親の件を聞かされた今では、その想いが、なんとも切ない。

「そんなことがあるから、母ちゃんはおいらを大工にしたくないんだ。父ちゃんのこと、嫌でも思い出すから。出来れば、小間物屋とか呉服屋とかに奉公に出て欲しいって……でも、おいらは小間物屋や呉服屋になりたいわけじゃない。大工になりたいんだ」

少年は利き手をぐっと握りしめると、だから、と続けた。

「母ちゃんには内緒で、父ちゃんの知り合いの親方のとこに弟子入りするんだ。もう話もついてる」

「……どうして、私にそれを教えてくれるの？」

蜜璃が戸惑って尋ねると、少年は少しだけ口ごもった後で、ひどくぶっきら棒に答えた。

「だって、おいらや母ちゃんを助けてくれた時の姉ちゃん、すげえ、かっこよかったから」

「え……」

蜜璃が余計に戸惑う。

あの頃の自分はまだ入隊したばかりの平隊士で、力だけはあったが、決して強くはなかった。無茶苦茶に斬りつけ、ようやく鬼の頸を叩き斬ったような状態だ。

とにかく必死だった。お世辞にもかっこよくはなかったはずだ。

「だって、私、あの時、まだ全然、弱かったのよ？　ものすごくみっともない勝ち方しかできなかったし……ちっとも、かっこよくなんて――」

「かっこよかったよ!!」

蜜璃の言葉を遮って少年が叫ぶ。

「赤の他人のおいらたちの為に、一生懸命、戦ってくれて。女の人なのに、あんなボロボロになってまで戦ってくれて……姉ちゃんは誰よりもかっこよかった」

少年の真っ直ぐな言葉が、蜜璃の胸に突き刺さる。

興奮のせいか、少年の耳朶は夕焼けのように赤く染まっていた。

「そんな姉ちゃんを見て思ったんだ。おいらもこんな風になりたい。自分が本当にやりたいことで、誰かの役に立ちたい。諦めたりとか、後悔とかしたくないんだ。だから、どんなに母ちゃんが泣いても、おいらは大工になる。父ちゃんよりすげえ橋を作ってみせる」

「…………」

「姉ちゃんだけには、伝えときたかったんだ。だから、ずっと探してた。――じゃあ。団子、ごちそうさま」

そう言うと、少年は逃げるように走り去ってしまった。

それこそ、呼び止める暇もなかった。

少年の背がどんどん小さくなって、やがて人込みに消えていく。

「……――」

少年の消えた街を、蜜璃はただ呆然と見つめた……。

「甘露寺様、ようこそお出で下さいました。しのぶ様がお待ちです」

蝶屋敷に着くと、いやに困り顔の神崎アオイが訓練場へと蜜璃を案内した。蜜璃は動揺しつつも、内心小首を傾げた。

何故、訓練場なのだろう――。

訓練場はその名の通り、傷ついた隊士に対し機能回復訓練などを行う側ら、しのぶ自身の鍛錬や継子との稽古に使われている道場だ。

蜜璃が蝶屋敷を訪れたのはこれが初めてではないが、訓練場に呼ばれたのは初めてだ。

心配そうな顔でアオイが立ち去ると、蜜璃はおずおずと訓練場に繋がる引き戸を開けた。

「あのう……しのぶちゃん？」

「こんにちは。甘露寺さん」

果たして、広い道場の真ん中にしのぶはいた。

側らに二本の竹刀を置いて座している。

そこに、いつもの笑顔はなかった。冷ややかにも思える表情でこちらを一瞥すると、二本の竹刀を取ってすっと立ち上がり、その一方をこちらに投げて寄越した。

（……え？）

反射的に利き手でそれをつかんでしまう。

しのぶは相変わらず硬い表情のまま、

「少々、お手合わせをお願いできませんか？」

そう問いかけてきた。

一応、請うる形ではあるが、こちらの返答は素より必要としていない様子だ。しのぶの構えた竹刀の先が蜜璃を捉える。

「え……？　な？　え？　しのぶちゃん？」

状況がわからずおろおろとしている蜜璃を尻目に、しのぶが音もなく踏みこむ。瞬時にその間合いに入ると、蜜璃の握っている竹刀を叩き落とした。

道場の床を竹刀が穿つ低い音が響きわたった。

「――今のは」

呆然と佇む蜜璃に、しのぶが鋭い視線を向けてくる。

「半分の力も出していません。普段の甘露寺さんなら、いくら油断していても簡単に避けられたでしょう」

「……あ……えっと」

しのぶの声は硬く、咎めるようだった。蜜璃が狼狽える。

「呼吸が上手く使えていないようですね」

「そ、それは……あの……」

あまりにも的確に言い当てられ、蜜璃がますます委縮する。

しのぶは聞こえないほどのため息を吐くと、竹刀を下ろした。ひんやりとした視線を蜜璃の全身へと向ける。

「顔色がよくありません。頬もこけています。筋肉の維持に必要な栄養を取っていないせいではありませんか？」

「!!」

「私は剣士として決して強い方ではありません。ですが、甘露寺さんは違う。のびのびとした自由な太刀筋も、驚くほど柔軟な筋肉も、持って生まれた力の強さも、何より真っ直ぐすぎる程真っ直ぐな性格が、アナタを優れた剣士足らしめている――」

蜜璃がぐっと押し黙る。

甘露寺さん、としのぶが感情の伺えぬ声で呼びかけてきた。

「どうして、自ら弱くなろうとしているんですか？」

蜜璃の心臓がドキリと跳ね上がる。

恐る恐るしのぶを見ると、しのぶの方でも蜜璃を捉えた。

ごくりと唾を飲みこむ音が、他人のそれのように聞こえる。

話すなら、今しかない。

でも――。

(ダメ……言えない……言えないよ)

正直に話せば、逆にしのぶを傷つけることになってしまう。しのぶに嫌なこと悲しいことを思い出させてしまう――いや、違う。本当は話すのが怖い。しのぶの為だと言いながら、本当は自分の為だ。すべてをさらけ出して、大好きなしのぶに嫌われてしまうのが怖い。今までの親しい関係が壊れてしまうのが怖い。友を失うのが怖くて堪らない
しのぶの視線を避けるようにうつむいてしまった蜜璃が、震える利き手をもう一方の手でぎゅっと握りこむ。

(どうしよう………何か、別の理由を)

そう思った瞬間、耳元で声がした。


――かっこよかったよ!!

(あ……)

蜜璃が弾かれたように顔を上げる。

まだ駆け出しの自分を誰よりもかっこよかったと言ってくれた少年。

鬼から少年とその母を助けられた時、心の底からほっとした。生きていてくれてうれしかった。

家族といる以外で、ここにいてもいいと思える場所が、ようやく見つかった気がした。

『ありがとう』

その言葉を言いたかったのは、むしろ自分の方だ。

（ダメだよ…………嘘なんか、つけるわけない）

そんなことをしたら、自分はもうここにはいられない。

この先、しのぶと向き合うことも出来ない。

（ちゃんと、言わなきゃ。自分の気持ちを……ちゃんと）

蜜璃はぎゅっと一度目を瞑ると、同僚の目を真っ直ぐに見つめた。

「――しのぶちゃん」

私ね、と言っただけで、口の中がカラカラになった。自分でも自分の声が上ずっているのがわかる。

「私……聞いちゃったの……隠の人たちから、しのぶちゃんのこと」

「…………」

しのぶは相変わらず硬い表情で蜜璃を見つめている。
そこからは、わずかな感情のゆらぎも読み取れない。
仮に、完全に己の感情を制御出来ているのだとしたら、そうなるまでにどれほどの修練がいったのだろうか。

両親を目の前で鬼に惨殺され、最愛の姉までも奪われた少女。

切なさと痛ましさに怯みそうになる心を、蜜璃は懸命に押し留めた。
「……私、自分の入隊理由がすごく恥ずかしくて……殿方とか、恋とか……しのぶちゃんにも、申し訳なくて。こんなんじゃダメだって思ったの。もっと、ちゃんとしなきゃって
――でも」

恋を封じた自分は、驚くほど弱くなった。
恋の呼吸は思った以上に深く、蜜璃の心と結びついていた。

「今、ようやくわかったの。それじゃあ、ダメなんだって。私は私のまま強くならなきゃダメだって。でなきゃ、誰も守れない」

大好きな人に拒絶されるのを恐れて、本当に守るべき人たちのことを蔑ろにした。

折角、もらった力を強さを無意味に弱め、またしても自分を偽って生きようとした。

己を偽ることなく生きて行ける場所で、父と母が授けてくれたこの力を、たくさんの人を守る為に使うと、そう決めたはずなのに……。

「これが私なの！　甘露寺蜜璃なの！　色んな人にときめいて、いっぱい食べて、力も強くて……でも…………私、私は――」

「…………」

「しのぶちゃんのこと…………大好きだからね？」

そう言い、蜜璃が口を閉ざすと「――――私の」しのぶの真っ白な喉が小さく動いた。

「私の他にも、隊には、肉親を鬼に奪われた方が大勢います」

静かな声に、蜜璃の胸がズキンと音を立てる。

「アオイやすみ、きよ、なほも鬼に家族を殺され、他に行き場がなくてここでともに暮らしています」

　再びうつむいてしまった蜜璃の耳に、ですが、とやわらかな声が届く。

「私もあの子たちも甘露寺さんの境遇を妬んだりはしません。甘露寺さんの入隊理由を厭（いと）うこともありません。まあ、初めて聞いた時には、驚きはしましたけど」

「え……？」

　最後はくすりと笑う声が聞こえた。驚いた蜜璃が顔を上げると、そこに微笑みを湛（たた）えたしのぶの両目があった。

　硬い表情は消え、いつものやさしい笑顔が蜜璃をあたたかく包みこむ。

「皆が憎しみと悲しみを抱いて、傷を舐（な）め合っていても、前には進めない。私たちは、いつだって、甘露寺さんの明るさや笑顔に救われているんですよ？」

「しのぶ…ちゃん……」

　しのぶの瞳の中に、今にも泣き出しそうな自分が見えた。

　深い菫色の瞳は、初めて会った時と同じように、此の世の何よりもキレイだった。

「だから、自分を偽ったりなんかしないでください。私はそのままの甘露寺さんが大好きですよ」

　耐えきれず、自分よりずっと小柄なしのぶにしがみつく。生温かい涙が後から後から零れてきた。

「しのぶちゃんしのぶちゃん!!」

「すみませんでした。試すような真似をして」

「ううん！　いいの！　全然、いいよ……私がバカだったんだから」

しのぶにしがみついたまま、蜜璃がぶんぶんと頭を振る。しのぶはくすぐったそうに笑うと、

「これからはしっかり食べてくださいね？」

「うん。ちゃんと、食べるよ～！　いっぱい食べる。それで、もっと強くなるから！」

「伊黒さんも心配されてましたよ？」

少々過保護なぐらいに、と小声でつけ加える。

「うん、伊黒さんにもちゃんと謝るね。無一郎君にも……」

わあーんと子供のように泣く蜜璃の背中を、しのぶの小さな手がとんとんとやさしく叩いてくれた。まるで幼子（おさなご）にそうするように。

そして、そっとささやいた。

「──実は、私、ずっと羨ましかったんです。甘露寺さんの体質が」

「え？」

「私にもアナタみたいな筋肉があったら、上背があったら――……そうしたら」

「しのぶ……ちゃん？」

「少し、話し過ぎました。忘れてください」

腕の中でしのぶがつぶやく。

『そうしたら』の次に、彼女は何を言おうとしたのだろう。

痛々しいまでに強い思いが、いっそ灼けつくような思いが、そこに込められているような気がした。


柱の中で、唯一鬼の頸が斬れない剣士。

抱きしめたその体はあまりに儚く、いっそ子供のようで、蜜璃は更に声を上げて泣いた。

改めて胸に誓う。

自分に嘘をつかずに生きよう。

そして、一体でも多くの鬼の頸を斬ろう。

一人でも多くの人の笑顔を幸せを守る為に。

大好きな仲間たちと、この大切な場所で、胸を張って生きていく為に――。

「甘露寺さんは、なぜ鬼殺隊に入ったんですか？」

「ん？　私？」

鉄地河原邸の廊下で竈門炭治郎が尋ねてくる。

鬼になった妹を人間に戻す為、鬼殺隊に入ったというこの少年の目は燃えるような赤で、とてもキレイだ。

こちらがたじろいでしまうほど真っ直ぐに見つめてくる。

「恥ずかしいな～。えー、どうしよう。聞いちゃう？」

蜜璃がもじもじする。

血鬼術で幼子のように小さくなった禰豆子が、不思議そうに見上げてきた。そのさらさらの黒髪をそっと撫でる。

「あのね……」

——甘露寺蜜璃は笑顔でその先の言葉を続けた。

第4話
夢のあとさき

兄ちゃんが俺を見舞いにきてくれる夢をみた。
兄ちゃんが寝台の横に立って、俺を見てる。
飛び起きたいのに、兄ちゃんと話したいのに、眠くて眠くてどうしても起きれない。

そんな夢をみた——。

✻

玄弥(げんや)が重たい瞼(まぶた)を持ち上げると、蝶屋敷(ちょうやしき)の天井が見えた。
となりの寝台では、竈門炭治郎(かまどたんじろう)が体中包帯でぐるぐる巻きにされた姿で、すうすうと眠っている。

当たり前だが、兄・実弥(さねみ)の姿はなかった。

(やっぱ、夢だったのか……まあ、夢だよな)

兄が自分を見舞いになど来るはずがない。

情けない思いで玄弥が身を起こすと、部屋に入ってきた少女と目が合った。三人娘の一人で三つ編みの――確か、なほと呼ばれていた少女だ。

なほは玄弥と目が合うとかすかに緊張したようにその身を強張(こわば)らせた。そして、

「アオイさぁーん。玄弥さんが目を覚ましました」

「ゴメン、なほ！　今、手が離せないの！　脈を取って、それから熱を測っておいて」

なほの呼びかけに、隣室からアオイの険しい声が返ってくる。

続いて、隊士らしき男の喚(わめ)き声と、バタバタと騒がしい音が聞こえてきた。どうやら急患のようだ。

なほはびくびくと玄弥の寝ている寝台の脇に近づいてくると、

「では、脈を取らせてもらいます」

己に言い聞かせるように言い、恐る恐る左の手首に触れた。

その小さな手が震えているのがわかる。

(そりゃあ、怖(こえ)えよな……)

かつて、力を求めるあまり鬼喰いを繰り返す玄弥に、悲鳴嶼はしのぶを紹介してくれた。それ以来、ここにはちょくちょく通っているが、しのぶを始め、誰とも親しく話したことはない。思春期特有の照れくささから異性が苦手なこともあるが、それ以上にあの頃の自分はいつもピリピリしていた。

呼吸すら取得できない自分に苛立ち、兄との縮まることのない距離に焦燥を抱いては、あらゆるものにその怒りをぶつけていた。

鬼だけではなく、物や人にまで。

怖がって当然だ。

「脈も正常ですね。では、お熱を測ります」

なほは相変わらず怯えていたが、手際よくアオイに言いつけられた用を済ませていく。

「三十六度七分。お熱もないです。どこか痛むところとかはありますか？」

無言で頭を振る。

「では、お昼ご飯を持ってきますね」「いや――俺は」

食わないから、と小声でつけ足すと、なほが少しだけ困ったような目で自分を見ているのがわかった。

責めているのとは違う。憂うような案ずるような眼差しだった……。

──その時、硝子(ガラス)の割れる高い音に続いて、

「キャア！」

「止(や)めてください!!」

となりの部屋から悲鳴が聞こえた。

「アオイさん？　すみちゃん？」

青ざめたなほが、先輩と同輩の名を呼び飛び出して行く。その名に、思わず玄弥の肩が震えた。

(寿美(すみ)…………)

死んだ彼の妹の一人も寿美という名だった。

甘えん坊だが母親想いの心やさしい妹だった。兄である玄弥と、それから実弥のことをとても慕っていた。


──玄弥兄ちゃん。


(……っ!!)

亡き妹の声に、玄弥が弾かれるようになほの後を追う。

隣室に入ると、病室の床に割れた硝子が散らばっていた。アオイとすみ、それから先に駆けつけたなほが、怯えた顔で寝台の方を見ている。

寝台に身を起こした男の両目は、憎しみと苛立ちでギラついていた。

「大人しくしていてください！　今は少しでも安静にしていないといけないんです」

「安静にしてたらどうなんだよ⁉　この腕が生えてくんのか⁉」

アオイの言葉に隊士の男が嚙みつくように叫ぶ。

それに気づく。彼の片腕は肘から先がなかった。

「腕のことはどうしようもありません。でも、アナタはとにかく出血がすごいんです。これ以上、無理をすると――」

「任務にも行かないお前らに、何がわかんだよ‼」

アオイがはっとしたような顔で言葉を失う。

すみとなほは抱き合って震えている。

「俺は一匹でも多くの鬼を始末するんだよ！　八重の為に‼　殺されたアイツの為に‼　それなのに片腕がなくなっちまったら、どうやって刀を振るえばいいんだよ⁉」

男はそうわめきちらすと、寝台の脇にあった水差しをつかみ、少女たちに向かって投げつけてきた。

「キャッ!!」

玄弥がすばやく動いて片手で水差しを受け止める。幸い、中は空だった。

男はいきなり現れた玄弥に、一瞬、虚を突かれたようだったが、すぐに元の様子に戻って玄弥を睨(にら)みつけてきた。

「……なんだよ、お前」

「女子供に当たってんじゃねえよ」

「てめえには……関係ねえだろ」

男が殊更(ことさら)、露悪的に吐き捨てる。

憎しみと焦燥、苛立ち、そしてどうしようもない怒りと悲しみに満ちたその目を、玄弥はよく知っていた。

それは、かつての自分の目だった。


——どうでもいいんだよ！　鴉(からす)なんて!!　刀だよ刀!!　今すぐ刀をよこせ!!

最終選別に生き残った時、案内役の幼い少女の顔を拳(こぶし)で殴りつけ、前髪をわしづかみにしたところを炭治郎に止められた——あの頃の自分の。

あの頃の己が、どれほど荒み、醜くねじくれていたのか思い知らされるようで、玄弥はわざと平板な声で告げた。

「こいつらは隊の為に、無償で隊士の怪我を診てくれてんだ。感謝こそすれ、文句言うのは違えだろ」

「そりゃ……お前は大したことない怪我だから！　でも、俺は――」

「利き腕がねえなら、もう一方の手で刀を握りゃあいいだろ。そっちの手もなくなったら、口で刀を咥えりゃあいい。少なくとも、俺ならそうする」

「な……」

「その程度の覚悟もねえんなら、鬼殺隊なんざやめちまえ」

そこで初めて、男の両目を見据える。

男はしばらく放心したように黙っていたが、やがて静かに泣き始めた。

「八重……八重……」

恋人か妹か――。

亡き人の名を呼び、ごめんなごめんなと、何度も繰り返した。

「ごめんなごめんな………八重ぇ……ごめんなぁ……」

誰もが口を利かなかった。
やがて、男だけでなく、すみとなほも声を上げて泣き始めた。
玄弥は居たたまれなさのあまり、無言で部屋を出た。
自分にあの男を詰る権利などない。
(あいつなら……もっと上手くやれたんだろうな)
炭治郎であれば、男の気持ちになって、親身にやさしく諭してもやれただろうに――。
やはり自分はできそこないだ。
何一つ、満足に出来やしない。
これでは、兄も認めてなどくれないだろう……。

俺は親父に抱きしめられた記憶がない。
それどころか、微笑(ほほえ)みかけられた記憶すらない。
朝から晩まで酒臭い息をして、暇さえあれば母ちゃんや俺たちを殴っていた親父に、抱きしめられたかったのかと言えば、決してそうではないし、兄ちゃんと一緒に弟や妹たちの面倒をみれる生活をそれなりに気に入っていた。
——はずだったのに。

『玄弥。やっぱりここだったか』

『に、兄ちゃん……』

俺はとっておきの逃げ場をあっけなく兄ちゃんに見つけられ、思い切り顔をしかめた。

俺らの住んでる長屋からかなり歩いたところにある神社の石段の上——絶対、見つからないはずだったのに、兄ちゃんはやっぱりすげえ。

『なあ、もう日が暮れるし帰ろうぜ？　母ちゃんも怒ってねえしさ』

いつもと変わらない兄ちゃんの声。

俺は思わず肯（うなず）きそうになるのを必死に堪（こら）えた。

それは、幼い俺のなけなしの誇りだったのかもしれない。本当は心細くなっていたし、兄ちゃんが迎えにきてくれてめちゃくちゃうれしかったのに、ここで尻尾を振って帰ったら男がすたるような気がした。

俺が無言でぶんぶんと頭を横に振ると、兄ちゃんが嘆息した。まるで大人がやるみたいに。最近では背丈だってそうかわらなくなってきてるのに、兄ちゃんはいつだって、俺たちのずっと先を行ってる。昔はただ頼もしかったそれが、最近では少し口惜（くや）しい。

『お前が暴力を振るったのは、寿美がバカにされてたからだろ？　貧乏人の子沢山って』

俺はこくりと肯く。

ああ、兄ちゃんも呆（あき）れてる。

たったそれだけの悪口を言われただけなのに、大家の息子を殴っちまった。寿美が悲しそうに泣いてるのを見た瞬間、色んなものが頭からごそっと抜け落ちたんだ……。

大家の息子は鼻から血を流してた。

もしかしたら、俺たち一家は明日から住むところを追い出されるかもしれない。そした

ら、母ちゃんや皆はどうなるんだろう?

俺が少しの我慢を出来なかったばっかりに……。

兄ちゃんはきっと、考えなしの弟にうんざりしてる。

そう思ってたのに——。

『なら、お前はなんも悪くねえじゃねえか』

『え?』

『お前は兄貴として立派に妹を庇ったんだ。胸を張れよ』

『…………兄ちゃん』

俺はうつむいてた顔を上げて、兄ちゃんをまじまじと見つめた。兄ちゃんは笑っていた。

兄ちゃんは滅多に笑わないけど、笑うと本当にやさしい顔になるんだ。その顔はやっぱり
母ちゃんに似てて、俺も下のチビたちも兄ちゃんの笑顔が大好きだった。

色んなものが一気にあふれてきて、喉の奥が痛いくらい熱くなった。

『帰るぞ。母ちゃんも心配してる』

『うん』

肯いて石段から立ち上がる。

景色が夕焼け色に染まってる。

先を行く兄ちゃんの背中も赤く染まってる。

その背中を見ていたら、無性に甘えたくなった。

俺は兄弟の上から二番目で、いつも弟や妹たちの世話を焼いてたから、母ちゃんにだってあんまり甘えたことがない。

『……兄ちゃん……おんぶ』

『なんだ。お前、怪我してんのか？』

兄ちゃんが驚いたように振り返る。

カーッと耳まで赤くなるのがわかった。

もちろん、俺は怪我なんてしていない。

『い、いい。やっぱいい』

慌ててそれだけ言って、急いで兄ちゃんの脇を通り抜ける。

——すると、

『ホラよ』

兄ちゃんが俺に背を向けてしゃがんでみせた。

『今日だけだぞ』

『…………うん』

俺は情けないやら恥ずかしいやらで真っ赤になった。でも、うれしさの方が勝って、兄ちゃんの背中に負ぶさる。

兄ちゃんの背中は見た目よりずっと広く感じられた。

父ちゃんがいたら——いや、父ちゃんがまともだったら、きっとこんな感じだったんだろう。

『母ちゃんがさ、おはぎ作ってくれてる』

『ホント？　いっぱいあんの？』

『ああ。俺と貞子も手伝ったからな』

『だから、兄ちゃんからおはぎの匂いがするんだ』

『匂いなんてするか？』

『うん。あー、腹減った』

俺は兄ちゃんの背中に揺られながら、他愛もない話をした。

そして、ふと思った。

俺は兄ちゃんに甘えられる。弟だから。でも、兄ちゃんは誰に甘えるんだろう？

母ちゃんを一番側(そば)で支えて。子供ながらに働いて。弟や妹たちの世話をして。父ちゃんには頼れなくて。

兄ちゃんは一体、誰に甘えられるんだろう。

兄ちゃん。

兄ちゃん——。

(ゴメンな…………兄ちゃん)

「……玄弥さんお目覚めですか？　お薬をお持ちしました」

目を開けると、そこはやっぱり蝶屋敷の病室だった。

なほ……ではない。二つに髪を結んだ方の少女・すみが、覗きこんでいる。

当然、兄の姿はない。

まだ幼い兄の――小さくて、でも大きい背中のぬくもりが、急速に消えていく。玄弥は身を起こすと、兄の首にしがみついていた両手をぼんやり見つめた。あの頃とはまるで違う、ゴツゴツとした大きな手だった。鬼を喰らったせいか、今では兄とほぼ変わらない。

「大丈夫ですか？」

すみがおどおどと尋ねてくる。玄弥が思わず訝しげな顔になると、すみが何故か視線を逸らせた。

「その……涙が」

申し訳なさそうに言う少女に、玄弥はようやく、自分が泣いていることに気がついた。

慌てて利き腕で顔をごしごしと拭く。

すみはそれ以上、何も聞かず、玄弥の背中を支えしのぶが調合してくれた薬を飲ませてくれた。

となりで寝ている炭治郎はまだ起きない。

（なんでこんな時に寝てんだよ）

さっさと起きてこの場を和ませろと、その安らかな寝顔に念を送るが、炭治郎はひたす

ら心地よさそうな寝息をもらしている。

「苦くないですか？」

「ああ」

「お水、もっと飲みます？」

「いや」

会話が続かない。

玄弥が内心ひどくおたついていると、すみが躊躇（ためら）いがちに尋ねてきた。

「――お兄さんと喧嘩なさったんですか？」

「え？」

「『兄ちゃん、ゴメン』って……眠りながら」

「…………」

玄弥の表情が凍りつく。少女はそこで言葉を止めると、

「さっきは、ありがとうございました。庇ってくださって」

唐突に話題を変えてきた。ペコリと頭を下げる。

「あ……ああ」

とりあえず、話題が逸れてほっとした玄弥が曖昧に肯く。わけもなく視線を室内にさ迷

わせながら、

「あの暴れてた隊士は？」

と尋ねる。すみがまつ毛を伏せた。

「だいぶ、落ちつかれました。今は大人しく横になってらっしゃいます。明日にはちゃんとした病院へ移るそうです。これからのことは、それから考えると……」

玄弥は何とも言えぬ思いで「そうか」とつぶやくと、続けて尋ねた。

「大丈夫だったか？　その……怪我とか」

「え？」

「硝子が割れた音してただろ」

「ああ――」

ようやくわかったというように、すみが微笑む。全然、似ていないのに、妹に笑いかけられたような気がした。胸の奥がチリチリと痛む。

「玄弥さんのお陰で皆、無事です。アオイさんとなほちゃんもお礼を言いにきたんですけど、玄弥さんが眠ってらしたんで」

「そっか……よかった」

玄弥が嘆息する。

そんな玄弥の顔をすみはじっと見ていた。瞬きもせずに。

その真っ直ぐな視線に玄弥がドギマギしていると、すみが躊躇いがちに尋ねてきた。

「風柱（かぜばしら）様が玄弥さんのお兄さんなんですか？」

玄弥が少しの間の後で、無言で肯く。

開け放たれた窓から入ってきた生温（なまぬる）い風が、玄弥の頬（ほお）を不快に弄（いじ）る。

「胡蝶（こちょう）さんから、聞いたのか」

乾いた声で尋ねると、すみは頭（かぶり）を振った。

「お名前と……それから、お顔がとてもよく似てらしたので」

「…………」

おそらくは、何気なく口にした言葉なのだろう。だが、少女の言葉は思った以上に玄弥の胸に突き刺さった。

やはり、自分たち兄弟は似ているのだ。他人から見てもそうと思えるほどに。

なのに……。


――テメェみたいな愚図。俺の弟じゃねぇよ。鬼殺隊なんかやめちまえ。

ようやく会えたのに。

血の滲むような努力をして、色々なものを犠牲にして、やっと言葉を交わせたのに。

兄から浴びせられたのは、ぞっとするほど冷たい視線と、拒絶の言葉だった。

「風柱様にお会いしたのは数えるほどですし、怖くて近寄れませんでしたから、何とも言えませんけど」

「兄ちゃ――兄貴は怖くねえよ！」

思わず声を荒らげてしまい、すみがびくっとする。

我に返った玄弥が、悪い、と片手で己の口元を覆う。でも、止められなかった。寿美と同じ名を持つ少女に兄を誤解していて欲しくなかった。

「兄貴は本当はすげえやさしい人なんだ。ずっと俺たち兄弟の面倒をみてくれて、ずっと守ってくれたんだ。母ちゃんだって、兄ちゃんのこと頼りにしてて……それに――」

「…………」

「笑うと、ものすげえ……やさしい顔になるんだ」

絞り出すように告げる。

すみの目が静かに自分を映している。

それは、深い慈しみに満ちた目だった。

悲しいぐらいにやさしい目だった。

鬼に身内を殺され、孤児になったところをしのぶに救われ、この蝶屋敷でひたすら隊士たちの看護にあたる少女——。

玄弥はその目に促されるように、ポツポツと自分たち兄弟のことを語った。


父がどうしようもない男だったこと。

人に恨まれた挙句、刺されて殺されたこと。

兄と二人、母を支えながらどうにか家族で暮らしていたこと。

ある晩、鬼が家にやって来て、弟や妹たちを殺したこと。

自分も殺されそうになっていたところを兄に助けられたこと。

外に出ると、血まみれの兄と母親の死体があったこと。

皆を殺した鬼は母の変わり果てた姿であったこと。

兄は家族を守る為に必死に戦った挙句、最愛の母親に手をかけてしまったこと。

そんな兄を自分は罵倒したこと……。

人殺し、と——。

口にすればそれはまるで他人事のように聞こえた。

あまりにも救いがなくて、あの時の自分の愚かさにうんざりした。

「兄ちゃんは許してないんだ。酷いこと言った俺を。兄ちゃんの想いを全部、踏みにじった俺のことを」

「玄弥さん……」

「だから、口も利いてくれない」

弟とすら認めてくれない。目の前から消えろとさえ言われた。

「なのに俺は――」


やさしかった頃の兄ちゃんの夢を見て。

今朝なんか、兄ちゃんが見舞いにきてくれる夢まで見て……。

どこまで女々しいのだろう。

当然の報いだと知りながら、兄の冷たい目が恐ろしかった。日に日に増えていく傷が恐ろしかった。

自分を否定する言葉が恐ろしかった。

自分たちは本当に兄弟ではなくなってしまったんだろうか。
あの忌まわしい晩に――。

「――大丈夫ですよ」

玄弥が両手をぎゅっと握りしめていると、すみがささやくように言った。玄弥の手に自分の手をそっと添える。小さな手はあたたかかった。

「生きてさえいれば、これから幾らだってやりなおせます」

玄弥が目を見開くと、すみはにっこりと目を細めた。

「お兄さんときっと仲直りしてくださいね」

少女の発する言葉は、これ以上ないほどにやさしく、そして重たかった。

(そうだ……)

この子はもう二度と、親兄妹と会うことは叶わないのだ。

相手が生きていなければ、わだかまりを解くことすらできない。亡き人たちの想い出を語り合うことも出来ない。

少女はすべてを喪い、自分には兄が残されているというのに、何を甘えたことを言っているのかと、自分で自分に腹が立つ。

「……ゴメン」

玄弥が後悔と自己嫌悪にかすれた声でつぶやくと、

「『ゴメン』じゃないよ、玄弥」

やわらかな声が言った。玄弥が横を向くと、寝台に横たわったまま炭治郎がやさしく笑っていた。

「そういう時は、『ありがとう』って言うんだよ」

「炭治郎さん」

「おまっ――」

玄弥の顔が真っ赤になる。

照れ隠しから、炭治郎の頬をぐにっと引っ張る。

「いつから起きてやがったんだ？　寝たふりかよ！」

「イデデ……俺なら、今、起きたばっかりだよ？　玄弥とすみちゃんの声が聞こえて……玄弥の匂いが〝ありがとう〟って言ってたから」

「っ!!」

「げ、玄弥さん。炭治郎さんはすごい怪我されてるんですから……もうそのくらいにしてあげてください」

眉尻を下げたすみに取り成され、玄弥が炭治郎から手を離す。
そして、少女の方を向くと、
「…………ありがとな」
ぶっきら棒にそれだけ告げた。
すみが驚いたような顔で目を見開き、それから「はい」と微笑んだ。
炭治郎もにこにこと微笑んでいる。
玄弥は恥ずかしさのあまり布団を頭から被り、ひたすら寝たふりをした……。

✵

「あ、アオイさん」
すみが病室から出ると、向こうからアオイがやって来た。

洗いたての寝具を山のように抱えている。

「どうしたの？　うれしそうな顔をして」

「炭治郎さんがようやく起きられたので、今、ご飯を取りに行こうかと思って」

「そう、よかった」

アオイが表情を明るくする。

「なら、寝具の交換は後にした方がいいわね」

「はい」

「玄弥さんの方は？」

「お薬を飲まれて、今、眠っています」

そう言い、ついつい吹き出してしまう。

耳の先まで真っ赤になって布団を頭から被った玄弥の姿を思い出す。不死川玄弥は、自分たちが思っていたよりも怖くなかった。ずっとずっとやさしい人だった。そうだ。なほちゃんときよちゃんにも教えてあげよう。

アオイは不思議そうにそんなすみを見ていたが、そういえば、と言う。

「今朝、風柱様を見かけたんだけど、アレは、何をしにいらっしゃったのかしら」

「え……」

「しのぶ様がお留守だったから、怒って帰っちゃったのかしら。だとしたら、申し訳ないことをしちゃったわ」

「風柱様が……」

「そうそう。炭治郎さんのご飯、最初は重湯（おもゆ）からね。それを食べて大丈夫そうだったら、すぐに、おにぎりと梅干をあげて。恋柱様と霞柱（かすみばしら）様は、起きてすぐ普通のご飯を召し上がってらしたから……まあ、あの方たちは特別だろうけど」

すみは寝具を持って去って行くアオイの背中を見つめ、それから出てきたばかりの扉を見つめた。

任務で傷つき、昏々と眠る弟の顔を眺める兄の姿が、そこに見えた気がした——。

無論、確かめる術（すべ）はない。

そうあって欲しいという願望にすぎないのかもしれない。

だが、生きてさえいれば、いくらだってやり直せる。

何度だって仲直りできる。

（玄弥さん……頑張ってください）

心の中でそっと声援を送ると、すみはどこか弾むような足取りで台所へと向かった。

「ダメですよぅ、玄弥さん。ちゃんと食べてください！」

「いや……もう、ホントいいって」

あれ以来、妙にすみに懐かれてしまった玄弥は、今も布団に上がって、煮物を食べさせてくれようとしている少女に激しく狼狽（ろうばい）していた。

挙句、アオイまでもがとなりで、

「少しずつでも食べないとダメですよ。しのぶ様もそう仰ってましたでしょう？　ゆっくり噛んで、少しずつ飲みこんでください。胃の腑を正常に戻していかないと」

玄弥が食べるのを逐一見守っている。

まるで赤ん坊扱いだ。

普通の男子であればうれしく感じられるその状況も、思春期真っ最中の玄弥には正直、鬼と対峙（たいじ）するよりもしんどかった。

しかも、炭治郎は少女たちに囲まれ四苦八苦している玄弥を庇ってくれるどころか、

「玄弥、すっかり皆と仲良くなったんだな。よかったなあ」

とほっこりしている。

(相変わらず、能天気っつーか、ちょっとズレてる野郎だな……コイツは)

最早、腹を立てる元気もない。

「さあ、玄弥さん。お口を開けてください」

「お茶を飲みながらでもいいですから」

(早く、次の任務が始まらねえかな……)

切実にそう思っていると、窓の外から、

「いのすけ!」

「いもふけ」

「いのすけ!」

「いもすけ」

「親分いのすけ!」

「おやぷんいもすけ」

「い・の・す・け!!」

「い・も・す・け」

「違えよ！　伊之助だ！」

「いもすけだ」

「キイイイイイイイイ――――ッ!!」


と何とも気の抜けるようなやりとりが聞こえてきた。

「ありゃあなんなんだ？」

誰にともなく尋ねると、炭治郎が「ああ、あれは」と笑った。

「伊之助が禰豆子に自分の名前を教えてるんだ」

「伊之助？　誰だ、それ」

「俺らの同期だよ。いつも猪頭を被ってて、上半身は裸で、猪突猛進で誰かれ構わず力比べしたがるけど、良い奴だよ。玄弥もすぐに仲良くなれるよ」

「いや……今の情報じゃ、完全に不審者じゃねーか」

玄弥が呆れた声を上げる。

すると、

「ホラ、玄弥さん！　誤魔化さないでちゃんと食べてくださいね。みんな心配してるんですから」

「そうですよ。一口でもいいですから食べてください」

すみとアオイに二人がかりで叱られた。

「はい、アーンしてください」

「玄弥さん」

「…………もう、ホント勘弁してくれ」

玄弥が茹蛸（ゆでだこ）のような顔で音（ね）を上げると、アオイが笑い、炭治郎が笑い——すみも笑った。

蝶屋敷の一室にやさしい笑い声が満ちる。

やがて、玄弥の口元にもかすかな笑みが浮かんだ。

第5話
笑わない君へ

天高く伸びた竹が、風にしなる度、竹林全体がなんともいえぬ心地よい音色を立てる。
打ち合いの最中、青々とした竹林の間から垣間見える空は、途方もなく高く感じられた
――。

✵

「そろそろ休憩にするか」

「はい」

水柱・冨岡義勇の稽古は、ここ千年竹林にて行われている。

元音柱・宇髄天元に始まった柱稽古の最終地点であるこの地に辿りついたのは、今のところ炭治郎ただ一人だ。

といっても、炭治郎がここに着いたのはほんの数刻前である。

しかも、その内の半刻は、冨岡と手合わせ中の風柱（かぜばしら）・不死川実弥（しなずがわさねみ）に顎（あご）を殴り飛ばされ、気を失っていた。

（不死川さん、めちゃめちゃ怒ってたな……）

これでは玄弥（げんや）との兄弟仲を取り持つなど、夢のまた夢だ。

炭治郎がしょんぼり肩を落としていると、目の前に竹筒がすっと現れた。

「ありがとうございます」

冨岡が無言で差し出してくれた竹筒の水筒から、ほどよく冷えた湧水を飲む。ひんやりとした水が喉（のど）をやさしく潤していく。

ようやく人心地ついたところで、

「不死川さんが好きなのは、こしあんですかね、つぶあんですかね？」

となりに腰を下ろしている冨岡に話しかける。

以前の冨岡ならば、無言で流されてしまうような内容であったが、ちゃんと返答があった。

「……俺はこしあんが好きだが、不死川はつぶあんが好きそうな気がする……」

「あ、わかります。俺もおばあちゃんのおはぎがこしあんだったんで、断然、こしあん派なんですけど、不死川さんはつぶあんが好きそうな気がします」

「でも、念の為、不死川に会う時は、どちらも懐に忍ばせておくことにする」

「わあ、それなら安心ですね！」

「……今晩はおはぎにするか」

「俺、作ります！」

ひとしきり、不死川とおはぎの話題に花を咲かせる。

(義勇さん、だいぶ元気になったみたいだな)

何を考えているかわからないのは相変わらずだが、心持ち明るくなったような気がする。

それに、口数も増えた。

(ざるそば早食い対決で心を開いてくれたんだろうか？　だとしたら、うれしいなあ)

今度は、団子早食い対決などどうだろう。

それとも、うどん対決がいいだろうか。

炭治郎がホワホワと考えていると、

「これまでの柱稽古はどうだった」

冨岡がボソリと尋ねてきた。

「厳しかったか」「はい」

炭治郎が目を輝かせる。

「でも、すごい、楽しかったです。皆さんとにかくすごすぎて、訓練の時なんて、こうガーッて。ガガガってなって、バーンドーンボーン！　ゴーッガシャーンってー――」

「…………不死川との接触禁止というのは？」

何故か、ひどく遠くを見るような目つきになった冨岡が、いきなり話題を変えてきた。

「ああ、アレは、俺が不死川さんを怒らせちゃったんです。それで、乱闘になってしまって。善逸や、他の隊士のみんなも巻きこんじゃったし……反省しています」

「俺も不死川をよく怒らせる。それに、不死川は大抵の場合、怒っている」

「不死川さんっていつもあんな感じなんですか」

炭治郎の問いに、冨岡がこくりと肯く。

そして、そういえば、と無表情につぶやいた。「俺も一度、不死川と接触禁止令が出たことがあった」

「ええ？　義勇さんもですか？　どうしてですか？　喧嘩したんですか」

過去の話と知りながら、炭治郎がおろおろする。

自分と不死川の二人でもあれほどの被害が出たのだ。先程の打ち合いを見ても、この二人が本気で揉めたらどうなることか――。

恐ろしくて想像したくない。

「だ、大丈夫だったんですか？　その家とか……人とか、街とか……」

「いや。喧嘩ではなくて、不死川が一方的に怒ってきた。不死川だけじゃなく、あの日は、皆の様子もおかしかった……」

炭治郎の心配をさらりと受け流し、冨岡が眼前の竹林を見るでもなく、ぼんやりと宙を眺める。

その癖の強い前髪を風が乱暴に弄(いじ)った。

冨岡の両目が太陽を見る時のように、細くなる。

「あれは、確か――――」

✵

「――――こりゃあ、どういうことだァア？　悲鳴嶼(ひめじま)さんよォ」

産屋敷邸(うぶやしきてい)のうつくしい庭に面した一室に不似合いな、何とも荒々しい声が苛立ちも露(あら)わに告げる。

「柱合会議でもねぇのに呼び出しやがってェ。どう落とし前つける気だァ」

「緊急の用事だ」

　不死川に真っ正面から睨みつけられながらも、悲鳴嶼は微動だにしない。

　その態すら逃げ出すような巨軀もさることながら、岩柱・悲鳴嶼行冥は鬼殺隊最強と謳われる男である。飛び抜けた強さに加え、隊歴も長く、現柱の中では最年長であることから一同のまとめ役を任されることが多い。

「私用で集めたわけでもない。お館様のご意志だ」

　すげなく答える悲鳴嶼に、不死川は「ケッ」と舌打ちすると同僚から離れた。お館様の名が出たことで、これ以上の難癖を慎んだのだろう。不死川のお館様に対する忠誠は並々ならぬものがある。

　無論、それはここにいる全員が同じことなのだが……と考えかけた胡蝶しのぶが、ふと眉をひそめる。柱の数が足りない。

「悲鳴嶼さん。冨岡さんの姿が見えないようですが」

「見えないようだと？　まわりくどい言い方をするな、胡蝶。あの男ならば来ていない。仮に、奴がこのまま来ないつもりだとしても、俺はまるで驚かない」

しのぶの問いかけに、悲鳴嶼ではなく伊黒小芭内が応じる。一体、どちらがまわりくどいのか。だが、彼のネチネチとした物言いはいつものことだ。

「何せ、あの身勝手極まりない男のことだ。『勝手にやれ。俺には関係がない』とでも言い出しかねんからな」

「なんだとォ……あのクソがアァ」

伊黒の言葉を鵜呑みにした不死川が、冨岡への怒気を露わにする。

「不死川さん。今のはあくまで伊黒さんの想像ですから」

しのぶがやんわりと口を挟む。さすがに、想像にまで腹を立てられるのは気の毒だ。

すると、悲鳴嶼がようやくしのぶの問いに答えた。

「冨岡には、今から半刻後の時刻を伝えてある」

「どういうことですか？　悲鳴嶼さん」

「なんだ？　その間に欠席裁判でもやろうってのか？」

しのぶが訝しげに尋ねる横で、宇髄が気だるげに茶化した。「なるほどねぇ。協調性に欠ける水柱をついに馘首にするわけか」

「むう。それはいかん！」

その途端、それまで両腕を組んで黙っていた煉獄杏寿郎が、弾かれたように叫んだ。

「陰でこそこそやるのはダメだ！　やるなら、正々堂々、冨岡に不平不満を言えばいい！　なあ、時透！」

「僕は別に。どっちでも」

　いきなり話を振られた無一郎がぼんやりと答える。その硝子玉のような両目は、開け放たれた障子の向こうに広がる庭園で遊ぶ小鳥を眺めている。

「冨岡さんのこととかよくわからないし。どうせすぐに忘れるから」

「俺は賛成だぜェ。馘首と言わず、この場で叩き出してやる」

　そう言い、不死川が両手をボキボキと鳴らせば、伊黒も、

「俺も賛成だ。アイツは和を乱す」

「ええ〜〜?　そんなぁ、ダメだよ！　皆、仲良くしなくちゃ」

　蜜璃がおろおろと同僚たちを見まわしている。

（さすがは、冨岡さん。思った以上に嫌われてますね）

　さてさて、どうしたものかと、しのぶが考えていると、パアンと何かが破裂したような音が鼓膜を揺らした。

「静まれ」

　悲鳴嶼が軽く両手を打ったのだ。

たったそれだけのことで全身が総毛だった。今も肌がビリビリと粟立(あわだ)っている。

誰もが口を閉ざす中、悲鳴嶼は見えぬ目で一同をねめつけると、

「馘首などではない。皆には、これからやって来る冨岡を笑わせて欲しい。その為に相談の時をとったまでだ」

思いもよらぬ言葉に仰天しなかったのは、無一郎ぐらいだろう。

そもそも彼はこの場のすべてに対して、針の先程の興味も持っていなかった。その目はずっと庭の小鳥を追っている。

逆に最もいきり立ったのは不死川で、再び悲鳴嶼へと詰め寄った。

「ハァ?　冨岡を笑わせろ?　なんだって、そんな真似しなきゃいけねえんすか⁉」

「それが、お館様の望みだからだ」

悲鳴嶼は平板な声音でそう言うと、自身がお館様・産屋敷耀哉(かがや)に言われたことを皆(みな)に伝えた。

✵

「────というわけだ」

「冨岡さんの笑顔が見たい……ですか？」

しのぶが小首を傾げる。

「お館様が本当にそう仰ったのですか」

「ああ。お館様は、冨岡がまったく笑わぬことを気になされていた。そして、私にこう仰られた。『義勇の心から笑った顔が見れたら、どんなにうれしいだろう』と」

「そう言われてみれば、冨岡さんが笑ったところって、見たことないかも……どんな顔で笑うのかしら」

「俺は、アイツが笑った顔も見たことねえけどな」

蜜璃の言葉を受け、宇髄が一人庭を眺めている無一郎を軽く顎でしゃくる。「なんで、冨岡だけなんだ」

「確かに……」

としのぶが肯く。

彼――時透無一郎も恐ろしく無表情だ。

唯一の肉親であった双子の兄を目の前で鬼に殺され、自身も半死半生の深手を負ったという少年は、記憶を失い、鬼を狩る時以外はまるで虚ろな人形のようだ。同じ年頃の弟が

いるせいか、煉獄が気にかけ構っているが、その煉獄にすら心を開いている様子はない。

そんな中、冨岡一人の名前を出すのはいささか妙な気がした。

それは、悲鳴嶼も同じ気持ちだったらしく、

「私も同様の疑問を抱いたのだが……」

と、かすかにその眉をひそめた。

「お館様が仰るには、時透は本当の自分を思い出せば必ず笑えるようになるが、冨岡は自分で自分を追いこんでいるのだそうだ。自ら望んで後ろを向いていると」

「――自分で、自分をですか」

しのぶがつぶやく。

それで、納得がいった。

今の代に限ってなのかはわからないが、柱の面々はそれぞれ相当に個性的だ。そして、煉獄や蜜璃、しのぶを抜かせば、あまり愛想のよい方ではない。

冨岡、時透両名の無表情さが際立っているというだけで、悲鳴嶼や不死川、伊黒も充分不愛想だろう。宇髄は特に不愛想というわけではないが、かなりの気分屋だ。

だが、こと柱間の人間関係に限って言えば、皆、それなりに上手くやっている。鬼殺隊を背負う柱であるという自負がそうさせているのだろう。

だが、冨岡は違う。

彼だけは、しのぶの目から見ても少々勝手が過ぎる。そして、言葉があまりにも足りない。それゆえ、とりわけ不死川、伊黒、時に宇髄や悲鳴嶼ともことごとく衝突する。

お館様が気にしているのも、十中八九、そこだろう。

（要は、孤立しがちな冨岡さんを、同じ柱の仲間として気遣ってやってほしい——ということですね）

実にお館様らしい配慮だ。

大方、悲鳴嶼はその生真面目さから、額面通りに受け止めすぎてしまったのだろう。

さて、これをどうやって伝えるべきかと悩んでいると、

「冨岡を笑わせればいいのだな？　他でもないお館様の願いだ！　この煉獄杏寿郎、一肌脱ごう！」

その場に勢いよく立ち上がった煉獄が、声高（こわだか）に宣言した。しのぶが思わず、ずっこけそうになる。ここにも額面通り受け止めた男がいた。

「……あの、悲鳴嶼さん。煉獄さん。お館様はそういう意味で仰ったのでは——」

しのぶがそれとなく伝えようとすると、

「私も頑張るわ！　冨岡さんの笑顔も見たいし、何より、お館様の為だもの！」

　同じく立ち上がった蜜璃が頬を赤く染め、宣言する。両手を胸の前で合わせ、目をキラキラと輝かせている。

「いいえ、甘露寺さん……ですから、それは」

「いい心掛けだ！　甘露寺！」

「煉獄さん……」

　煉獄に肩をポンと叩かれキャッと両頬に手を当てた蜜璃が、更に紅潮する。すると、すかさず伊黒が両者の間にぐいぐい割って入った。

「甘露寺がやるのならば俺も手を貸してやらなくもない。冨岡を笑わせる為というのが、死ぬほど気は進まないが」

「伊黒さん！　ホント？」

「うむ。ともに頑張ろう！　伊黒！　甘露寺！」

「煉獄、わかったから、あまり甘露寺に近づくな」

　しのぶが頭を抱える。

　伊黒に至っては、最早、額面云々の問題だ。蜜璃はかつて煉獄の継子だったことがある。結局、個性が強すぎ独立したわけだが、一時は師弟の間柄であった。そんなこともあり、蜜璃が元師匠にときめくのを阻まんと、深く考えもせずに賛同の意を示したのだろう。

　――と、不死川が乱暴に立ち上がった。

「チッ。そんなクソみてぇなことすんのが目的なら、俺は帰るぜェ。てめぇらで勝手に笑わせてなァ」

　憎々しげにそう言い捨て、座敷を出て行こうとする。

〝殺〟の文字が刻まれたその背中に、悲鳴嶼が「……不死川」と呼びかける。

「お前は、お館様のご意志に背くのか」

　お館様の名を出され、不死川の足が止まる。

「お館様の願いを踏みにじる覚悟があるのなら、今すぐこの場を去れ」

「……っ……」

「止めはしない。どうしようと、お前の自由だ」

　悲鳴嶼の声は静かだった。それゆえ、なんとも言えぬ凄味があある。

　しばらくの間、不死川は無言で怒りに耐えていたが、やがて、乱暴にその場に座り直した。

「では、冨岡を笑わせる方法を考えよう。だが、私は他者を笑わせるのがあまり得意ではない。なので、どうか、皆の忌憚ない意見を聞かせてくれ」

悲鳴嶼が一同に向け、大真面目に告げる。

誰からも反対意見は上がらない。

どうやら、しのぶ以外の全員がお館様の本意を取り違えているらしい。

今まさに始まろうとしている世にも奇妙な会合を前に、しのぶは早くも諦観の境地に至りつつあった。

✵

「失礼する」

「――おう、冨岡。遅かったな。まあ、お前も入れよ」

遅れてやってきた冨岡が襖（ふすま）を開けたところで、振り向いた宇髄が気安く声をかける。対する冨岡は無言で室内を見わたすと、なんとも言えぬ顔になった。

それはそうだろう、としのぶは内心、冨岡に同情した。

柱合会議でもないのに一堂に会した柱たちが、何故か腕相撲（うでずもう）に興じているのだ。誰だって――自分だって困惑するだろう。

座敷の中央に三つ置かれた文机では、丁度、無一郎対蜜璃、不死川対伊黒、悲鳴嶼対宇髄の勝負が終わったところだ。

因みに、この腕相撲大会を提案したのは宇髄である。

無論、本気で勝負するはずがない。大方、冨岡を勝たせていい気分にさせるつもりなのだろう。単純だが、然程悪い作戦でもない。むしろ、ド派手を信条とする宇髄にしては至極常識的な良策といえるだろう。

宇髄が悲鳴嶼に叩きつけられた右手をひらひらと振ってみせる。


「悲鳴嶼の旦那が強くてさ。お前、ド派手に挑戦してみろよ」

「……俺はこれで、失礼する」


困惑から立ち直った冨岡は平板な声でそう言うと、回れ右をして帰ろうとする。

そんな同僚の羽織の袖口を、しのぶはさっとつかんだ。

「相変わらずですねえ、冨岡さん。柱同士の親睦を深めるのも重要なことですよ」

「お前たちで勝手に深めろ。俺には関係ない」

「ここで帰っちゃうと、冨岡義勇は悲鳴嶼行冥に恐れをなして、尻尾を巻いて逃げ帰った

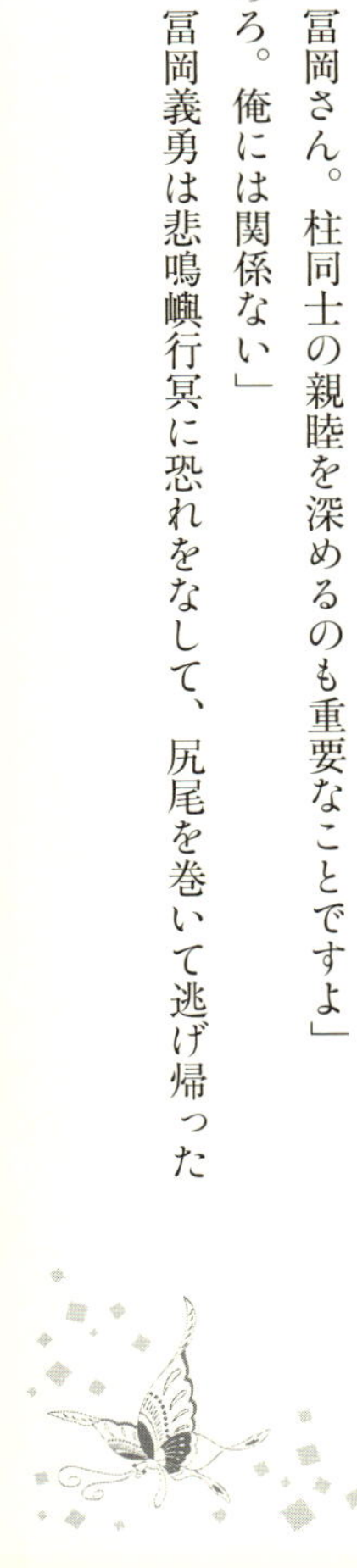

って言われちゃいますよ？　それでもいいんですか？」

しのぶの言葉に、冨岡の眉がかすかに曇った。

冨岡はこれで意外に負けず嫌いなところがある。それを知っていて、焚きつけたのだ。

「さあさあ。頑張ってください、冨岡さん。応援してますよ」

にっこりと微笑み、しのぶが冨岡の背中をぐいぐい押す。そのまま、悲鳴嶼の待つ座敷の中央へと押しやった。

宇髄が立ち上がって冨岡の為に席を開ける。文机の脇に控えた煉獄が真っ白な歯を見せた。

「では、この煉獄が審判役を務めよう！　二人とも、男らしく、正々堂々勝負するんだぞ！」

心得た、と応じる悲鳴嶼に、宇髄が「悲鳴嶼さん」とさりげなく呼びかける。

続く言葉はないが、『良い感じなところで負けろよ』という意味だろう。

悲鳴嶼の方でも、相分かったとばかりに肯いている。

文机の上に乗せられた悲鳴嶼の――文字通り岩のような手を、冨岡が無表情に握る。

そして……。

✡

「……一体、どういうことなんですか」

しのぶは出来る限り小さな声で宇髄に尋ねた。

八百長腕相撲で冨岡を勝たせていい気分にさせ、あわよくば笑顔を――そういう作戦であったはずだ。

だが、蓋を開けてみれば、悲鳴嶼に瞬殺されたどころか、宇髄、煉獄、不死川にまで負けている。体格に恵まれた宇髄はともかく、煉獄や不死川は冨岡と似たり寄ったりの体型だ。辛うじて女性の蜜璃には勝ったものの、これでは笑顔も何もあったものではない。

チラリと冨岡の方を見れば、能面のような顔で座敷に座っている。

「何、普通に勝ってるんです。宇髄さん」

しのぶが更に声を落して宇髄を責める。宇髄は面倒臭そうな顔で鎖骨の辺りをボリボリと掻きつつ、

「んなこと言ったって、しょうがねえだろ。最初に悲鳴嶼の旦那が普通に勝っちまったし、

なら、俺がわざと負けてやることもねえだろうが」

「悲鳴嶼さんもどういうことですか」

しのぶが今度は悲鳴嶼に詰め寄ると、悲鳴嶼はボソリとつぶやいた。

「この腕相撲勝負には、そういう意図があったのか……」

「まさか……わかっていなかったんですか？」

「……南無」

悲鳴嶼がそっと両手を合わせ虚空を拝む。

ならば、何故あの時――宇髄の呼びかけに対して、あんなにも頼もしく肯いたのだ。

しのぶが内心、頭を抱えていると宇髄が背後からしのぶの頭にポンと片手を置いた。さも他人事のように言う。

「胡蝶よぉ。自分がビリになったからって、怒んじゃねーよ」

「そんなことで怒っているんじゃありません。呆れているんです」

「しっかし、腕力ねえなあ。お前。もっと鍛えた方がいいんじゃねえか？　なんだよ、そのなまっちょろい腕は」

「別に実戦は腕力じゃないですから」

イラっとしたしのぶが笑顔のまま宇髄の手を払い除けると、蜜璃がいそいそと近づいてきた。

「大丈夫よ、しのぶちゃん。次は、私が行くから」

一応は小声ながら、やたら気合が入っている。

「甘露寺さん……」

「私ね。こう見えて、人を笑わせるの得意なの。任せて！」

蜜璃はそう言うと、どんと豊満な胸を叩いてみせた。

上気した頬。得意げに輝く両目。まさに自信満々――自信の塊だ。

「これまで、何十回とむずかった弟たちを笑わせてきたんだから」

「むずかる……ですか？」

不可解な単語にしのぶが眉を寄せる。

（そういえば、甘露寺さんの弟さんたちって――）

すさまじく嫌な予感を覚えながら、以前、蜜璃が話していた彼らの年齢を思い出していると、

「と・み・お・か・さ・ん」

蜜璃はすでに冨岡に近づいていた。そして、

「こちょこちょこちょこちょこちょぉ～～～～！」

と言いながら冨岡の脇腹をくすぐり始めた。

「降参かあ？　降参かあ？　降参しないと、もっとくすぐっちゃうぞ～」

「…………」

「こちょこちょこちょこちょぉ～～～～！」

（甘露寺さん……）

思わず遠くを見るような目つきになってしまった。

確かに、脇をくすぐれば人は笑う。子供は特にくすぐられるのが大好きだ。

これが、炭治郎や伊之助あたりだったら大笑いしただろうし――伊之助はもしかすると『止めろ。俺様をホワホワさせるんじゃねえ！』と怒ったかもしれないが――善逸であれば『うわああ幸せ!!』と喜びに悶えもしただろう。

だが、相手はれっきとした成人男性である。

しかも、あの冨岡だ――。

「あ…………ご、ごめんなさい」

案の定、微塵も笑うことなく、若干引き気味――否、怯えてすらいる冨岡の姿に、にわかに我に返ったらしき蜜璃が、真っ赤な顔で冨岡から離れると、その場にしおしおとうずくまった。

「……ホント……ごめんなさい…………私……消えちゃいたい……」


恥ずかしさのあまり、今にも泣き出さんばかりだ。

そんな彼女を庇うように立った伊黒が、

「冨岡……お前には人の心がないのか……」

怨念のこもった両目で冨岡を睨みつける。「甘露寺の健気な頑張りを踏みにじったお前を俺は許さない。未来永劫にな」

怒りに声は震え、こめかみに多量の青筋が浮き上がっている。

最早、冨岡を笑わせるという使命など、その頭の中からすっかり消え失せているだろう。

今にも刀を抜きそうな勢いだ。

冨岡は冨岡で冷ややかに伊黒を見つめている。

その一触即発の空気を破るように、無駄に大きな音を立てて襖が開いた。

「案ずるな！　伊黒！　甘露寺！　後は俺に任せろ!!」

そこには、いつの間に座敷の外に出たのか、煉獄杏寿郎が立っていた。

意気揚々と入ってきた彼の頭の上に、見覚えのない眼鏡（めがね）がのっているのを見た瞬間――

しのぶはめまいがした。

「冨岡よ！　俺の眼鏡を知らないか？　さっきから探しているんだが、どこにも見当たらなくてな！」

「…………頭の上だ」

冨岡がぼそりとつぶやく。「煉獄は目が悪くなっただけでなく、頭まで悪くなったのか」

一瞬だけその場に停止した煉獄は、

「むう」

とうなると、

「無理だ!!」

と叫んだ。

「何人（なんぴと）たりとも冨岡を笑わすことはできん！」

（…………いえ、煉獄さん……今のは私もどうかと思います）

メヂ・ネ
メヂ・ネ

しのぶがそう言いたい気持ちを堪え、

「そもそも、眼鏡なんてかけてらっしゃったんですか？」

と尋ねると、

「いや！　俺は三十間先まではっきり見えるぞ。これは今、仕込んできた！」

なんとも明るい笑顔が返ってきた。

今、仕込みまでやった笑いが華々しくすべったにも拘らず、まるで気にしていない。

そもそもこの人に限っては、小声でしゃべってすらいない。


これで残すは、伊黒、無一郎、悲鳴嶼、不死川、そしてしのぶの五人だが、伊黒は今や憎しみの権化だ。冨岡を笑わせるどころではない。むしろ、殺したいだろう。無一郎はもともとやる気がなく、不死川にいたっては問題外だ。

悲鳴嶼は『他者を笑わせるのがあまり得意ではない』と自分で言うだけあり、まるで期待できない。

実質、残っているのは自分だけだ。

しのぶが冨岡の微動だにしない無表情を見つめる。

（冨岡さんを笑わすかぁ……）

そもそも、この人は笑うのだろうか、と失礼なことを思いかけ、「あっ」と声をもらす。

いや、違う。笑わせるだけなら、たとえ不死川であっても可能だ。


──ア、レ、がある。


実際、しのぶは過去に一度、冨岡がうっそりと微笑（ほほえ）む姿を見たことがあった。その時、彼が食べていたのは……。

しのぶは座敷を見まわすと、イライラで爆発しそうになっている不死川のもとへ歩み寄った。

「不死川さん不死川さん」

「アァ？　なんだ」

血走った目で睨みつけてくる大層感じの悪い同僚に、しのぶがこしょこしょと耳打ちする。鮭大根（しゃけだいこん）です、と。

「冨岡さんは鮭大根が好物なんです」

「ハアァ？」

「それを食べれば必ず笑います」

あえてにっこりと微笑むと、不死川は今にも刺し殺さんばかりの目でしのぶをねめつけてきた。

「ふざけてんのかァァ？　てめえェェ」

「まさか。ふざけてなんかいませんよ。本当なんです。ですから、冨岡さんを誘ってください。一緒に、鮭大根を食べに行こうと」

あくまで小声で伝えるしのぶに対し、不死川はまさに怒髪天を衝(つ)くといった様子で怒鳴りつけてきた。

「ハアアアア？　なんで俺がそんなことしなきゃならねえんだァ⁉　胡蝶、てめぇが誘えば済む話じゃ――」

「お館様の為です」

しのぶが伝家の宝刀を抜く。不死川がぐっと言葉に詰まった。

しのぶがここぞとばかりに言葉を並べる。

「考えてもみてください。不死川さんが冨岡さんを笑わせることが出来たら、お館様がどれだけお喜びになるか。『ありがとう。実弥。実弥はやっぱりすごい子だ』って微笑んでくださいますよ。きっと」

「くっ……」

不死川の両目が見開かれる。

その後、しばらく黙っていたが、やがて冨岡を振り返った。

自ずとしのぶもそちらを向く。

冨岡義勇は相変わらずどこを見ているのか、何を考えているのかわからない顔をしていた。本人にそのつもりはないのだろうが、相手をおちょくっているとしか思えない顔つきだ。

案の定、冨岡の顔を見ただけで、不死川の両腕がぶるぶると震えた。こめかみの辺りの血管が、ぴくぴくと蠢いている。

だが——。

「な……なぁ、と、冨岡ァ」

それでも尚、声をかけたのは、父とも慕うお館様の願いであればこそだろう。

怒りに震える声は上ずり、口元には怒りのあまりか、うっすらと笑みのようなものすら浮かんでいる。まさに、涙ぐましいまでの努力だった。

「い……今から、鮭大根を喰いに行かねぇかァ？」

「行かない」

即答。

（…………冨岡さん）

貴方という人は――。

しのぶが瞑目する。

不死川の血管がぶちっと切れる音が、妙に近くで聞こえた。

「鮭大根なら、さっき、食べた」

続く冨岡の言葉は、不死川実弥の獣のような怒号によって、儚くも掻き消された……。

✵

「そんなことがあったんですねぇ」

「あった」

感心するようにつぶやいた炭治郎に、冨岡がこくりと肯く。

炭治郎は、はあ、とため息を吐いた。柱同士のやりとりを聞くのは初めてだ。

そこには、在りし日の煉獄杏寿郎の姿もあった。彼の人の元気な姿を思い浮かべ、炭治郎の胸がほっこりとあたたまる。

（今度、千寿郎君に手紙で教えてあげよう）

そんなことを考えていると、冨岡がぼんやりとつぶやいた。

「今、思い出しても、不死川がどうしてあそこまで怒ったのかわからない」

炭治郎は、うーんと首を捻り、

「そうだ」

ポンと両手を叩いた。

「きっと、不死川さんは義勇さんと一緒に鮭大根を食べに行きたかったんですよ」

「不死川が……俺と？」

冨岡が少し驚いたような顔になる。

「はい！　だから、義勇さんに拒絶されて悲しかったんじゃないでしょうか」

「そうか……」

炭治郎の推理に冨岡は何事か考えていたが、やがて、

「おはぎで仲良くなれたら、今度は俺から不死川を誘ってみる。一緒に鮭大根を食べに行

かないか、と」

「いいですね！　きっと、もっと仲良くなれますよ」

炭治郎が満面の笑顔でそう請け合うと、冨岡も少しだけ幸せそうな顔になった。

その存外に子供っぽい横顔に浮かんだ微かな笑みに、炭治郎もうれしくなる。


今の冨岡ならば、きっとみんなと仲良くやれるだろう――。

いつか、柱たちの中で笑っている冨岡を見れたらいい。


この、かなり不器用で、絶望的に言葉が足りなくて、でも本当はとてもやさしい人が、仲間たちに囲まれ幸せそうに笑っていてくれたら、どんなにうれしいだろう。

（煉獄さんにも、見せてあげたかったな……）

いや、その中でともに笑っていて欲しかった。

亡き人の太陽のような笑顔を思い出し、鼻の奥がつんと痛くなる。

「炭治郎。そろそろ、再開するぞ」

「はい！」

兄弟子に促され、慌てて鼻を啜った炭治郎が腰を上げる。

とにかく、今は強くなることだ。

強くなって、もう誰も……何一つ、奪わせない。

澄んだ竹の匂いをのせ強く吹きつけてくる風に、炭治郎は両手で木刀の柄(つか)を、強く、握りしめた――。

第6話
中高一貫☆
キメツ学園
物語!!
～パラダイス・ロスト～

「――本日、急遽、文化祭実行委員の役員の皆さんに集まっていただいたのは、他でもありません」

放課後の会議室――。

委員長を務める胡蝶しのぶが、いつになく神妙な面持ちで告げた。「一か月後に迫った文化祭で、大規模な集団中毒の可能性が懸念されています」

「ですが、季節的なことを考えて、事前の衛生指導を徹底し、食中毒を起こしやすい生物の出店は禁止したはずですが」

会計の神崎アオイが生真面目な顔で尋ねる。

書記として板書していた煉獄千寿郎は、おや、と小首を傾げた。

胡蝶先輩は、今、集団食中毒と言っただろうか。

その疑問に答えるように、しのぶが後輩の言葉を訂正する。

「食中毒ではないんですよ、アオイ。ただの中毒です。仮に、集団音中毒という言葉があれば、それが適切かもしれませんが」

「音…中毒ですか?」

初めて聞く言葉だ。アオイが訝しげな顔で、となりの席に座っている副委員長の栗花落カナヲに目を向ける。カナヲが困ったような顔でふるふると頭を振る。

千寿郎、アオイ、カナヲの目が自然、しのぶに集まる。

一同のもの問いたげな視線を受け、しのぶが嘆息する。

「問題になっているのは、こちらのイベントです」

取り出されたチラシを見ると、キメツ学園文化祭名物イベント『キメツ☆音祭』のものだった。

優勝賞品が飛び抜けて豪華であることから、毎年異様な盛り上がりをみせるイベントだが、今年の賞品はラスベガス旅行だとまことしやかに囁かれている為、参加グループの意気込みは大変なものだ。

「これに参加予定のバンドで『ハイカラバンカラデモクラシー』というバンドがあるのですが……」

こくりと肯く千寿郎とアオイを余所に、普段は寡黙なカナヲが珍しく「……あ」と声を上げる。

「炭治郎のバンド」

「——ええ」

しのぶが何故か、憐れむような眼差しをカナヲへと向ける。

「炭治郎君、善逸君、伊之助君。それから、美術の宇髄先生の四人で登録されているバンドです」

「そのバンドが何か問題なのですか？」

「…………。そうですねえ…………丁度、今、音楽室で彼らが練習をしているはずです」

尋ねるアオイに、しのぶが少しばかり考えるような顔になり、

「百聞は一見に如かずと言います。アオイと千寿郎君で見てきてくれませんか？　くれぐれも気をつけて」

何故、自分たち二人だけなのだろう、と千寿郎が不思議に思う。

アオイもそう思ったようだが、とりあえず二人で会議室を出ると、件の音楽室へと向かった。

✲

「ここで、練習をされているんですね」

「そうね。うちの音楽室は完全防音だから、音は聞こえないけど……」

「ですが、一体、何に気をつけるんでしょうか？」

「集中してるから、邪魔しないようにってことじゃないかしら」

こそこそと話しながら、アオイと千寿郎が音楽室の重い扉を開ける。


――その瞬間。

二人を襲ったのは、この世のものとは思えぬ……いわば、怨念(おんねん)と呪詛(じゅそ)の塊のような音の爆撃だった。

「大変よく……ぐっ……わかりました」
「アレは確かに問題だと思…………うぅっ……」
「本当にお疲れ様でした。アオイ、千寿郎君。二人が無事で何よりです」

千寿郎とアオイが血の気の失せた顔で口元を覆いながら会議室に戻ると、しのぶはやさしく労ってくれた。

カナヲをあえて行かせなかったのは、炭治郎にほのかな好意を寄せる彼女を傷つけたくないという思いからだろう。

「カナヲ、本当に申し訳ないんだけど、現状を共有する必要があるから――」

アオイはそう断った後で、

「まず、炭治郎さんの圧倒的音痴なヴォーカルが聞き手の神経を逆撫で、善逸さんの怨念のこもった三味線が平衡感覚を失わせます。その上で、伊之助さんのテンポの外れた太鼓が吐き気を止まらなくさせ、超人並の肺活量を誇る宇髄先生の爆音ハーモニカがとどめをさします」

「もし、アレが音楽室でなく、青空の下で行われていたら、甚大な被害が出ていたと思います……栗花落副委員長、すみません」

千寿郎もカナヲに向け、ペコリと頭を下げた。

カナヲはひたすら真っ青な顔でおろおろしている。それはそうだろう。実際、耳にした自分でもこの世にあんな公害のような音楽があるとは信じられないのだから。

「即刻――今すぐにも――棄権させるべきだと思います」

まだ吐き気の収まらない様子のアオイが、ビニール袋を抱えながら、しのぶに詰め寄る。

「ですが、それでは『何人(なんぴと)にも平等に、生徒の自主性を重んじる』という我が校の理念に背くことになります」

「人命には代えられません」

「……炭治郎…………可哀想(かわいそう)」

きっぱりと断言するアオイに、カナヲがしょんぼりと肩を落とす。アオイが慌てて「ホント、ゴメンね。カナヲ」と友をフォローした後で「でも、アレは凶器よ」とあんまりなことを言った。だが、その気持ちが千寿郎にはよくわかる。あれは、生物兵器として認定されても致し方ない代物だ。

「あのう……いっそ、音祭自体を中止させたらどうでしょうか」

千寿郎が挙手し、おずおずと発言する。

それならば、炭治郎たちに本当のことを告げずに済む。

千寿郎とて、三人は大好きな先輩だ。宇髄も爆発癖はアレだが、好い先生だと思う。出来れば傷つけたくない。

しかし、しのぶは首を横へ振った。

「他の参加グループの一つ、謝花妓夫太郎(しゃばなぎゆうたろう)君・梅(うめ)さんによる兄妹(きょうだい)バンドは、昨年も出場し

ていますが、梅さんの人気で我が校だけでなく他校の男子生徒まで詰めかけるほど盛況ですし、響凱先生率いる和楽器バンドはその筋の方や、海外の専門家たちから多大な評価を受けていると聞きます。何より、禰豆子さん真菰さん、きよ、なほ、すみのガールズバンドは全生徒から絶大な人気を博しています。それを全面中止となると――」

「でも、このままだと百人単位で死傷者が出ます……おぇ」

アオイが真顔で詰め寄る。そして、想像したのか再びビニール袋で口元を覆った。千寿郎も無言で肯く。

そんな後輩たちの様子にしのぶはしばし逡巡すると、

「……仕方ありません」

覚悟を決めるようにつぶやいた。

「毒をもって毒を制しましょう」

「どーいうことよ？　アタシとお兄ちゃんがトリじゃないって！」

「オイオイオイ……委員長さんよォ、このハイカラなんたらとかいうふざけた名前のバンドはどこのどいつだぁあ……？」


しのぶの言った『毒』とは、学園随一の不良でもある謝花兄妹のことだった。

トリを飾るはずだった兄妹に、諸事情から順番の変更があったと伝えたのである。

押しかけてきた二人に、まさに鬼の形相で睨（にら）みつけられても、しのぶは平然としている。

「宇髄先生が生徒三人と組まれているバンドですよ。炭治郎君がヴォーカル、善逸君が三味線、伊之助君が太鼓、宇髄先生がハーモニカだそうです」

「ふざけんじゃないわよ!!　あの不細工どもがバンド組んでどうするのよ!?　ずぶの素人（しろうと）の寄せ集めじゃない！　誰が聴くのよ？　そんなクソバンド!!」

梅の発言にカナヲが明らかにむっとした顔になる。

「特に炭治郎の奴（やつ）がムカつくのよ！　醜いくせに、何かと文句つけてきて！　正義感ぶりやがって！　アイツ、マジ大っ嫌い!!」

「――っ……」

「カナヲ……」

アオイが小声で友の名を呼び、背中をさすったりとそれとなく宥（なだ）めている。

千寿郎はハラハラと事の成り行きを見守った。

もし、何かあれば、男である自分が三人を守らなければと、己に言い聞かせる。

「ハァ？　宇髄っていったら、あの美女三人も侍らしてるクソ妬ましいイケメン教師じゃねえかぁあ……アイツが俺らから華やかな舞台とラスベガス旅行を奪うってのかあ？　許せねえ……許せねえなあああ」

「だよね⁉　お兄ちゃん‼」

「ああ……俺とお前の邪魔をするクソ野郎は、生きたまま生皮を剝いで腹を搔っ捌いてやらなきゃ気がすまねえなあああ……」

「お、落ちついてください、謝花さん」

「ちょっと、ぶっそうなこと言わないでよ」

妹の梅ばかりか、兄の妓夫太郎もかなりヒートアップしている。

千寿郎とアオイがおろおろする中、しのぶは両者に向かい「――でしたら」と、それこそ花のように微笑んでみせた。

✵

『お二人の方で、ハイカラバンカラデモクラシーの皆さんと、直接、話をつけてこられたらいかがですか？』

しのぶがそう言うと、二人はさんざ悪態を吐いた挙句、引き戸を叩きつけるように開けて出て行った。

十中八九、音楽室へ向かったのだろう。

「……妓夫太郎さんと梅さんのお二人、だいぶ怒ってましたけど、皆さん大丈夫でしょうか？」

外れてしまった戸を直しながら、千寿郎が誰にともなく尋ねる。

カナヲがガタンと席を立った。

「……私、様子を見てきます」

「心配しなくても大丈夫ですよ」

しのぶは相変わらずおっとりと答える。

「でも――」

「宇髄先生がついていますから。あの人、ああ見えてアホ程、強いんですよ。在学中はここら辺一帯の番長をしてたそうですから。一人で二百人の不良をのしたとかのさないとか。

その後、美術系の大学に進学し、卒業後は、本職の方たちからの熱烈なスカウトを断って、こちらの教師になったそうです」

「そんなにお強いんですか？」

兄の学生時代からの友人でもある美術教師の――どちらかといえば優男の部類に入る顔を思い出す。

「ええ。それはもう」

「なら、尚更、このままケンカになってしまったら、マズいんじゃないでしょうか」

アオイが躊躇いがちに告げる。

確かに。大事になりこの一件が明るみに出れば、ハイカラバンカラデモクラシーだけでなく、謝花兄妹のバンドも出場停止は免れない。それでは、結局、イベントの運営に支障がでるのでは、と暗に問うと、しのぶがかすかに両目を細めた。

「生徒同士のケンカならば両成敗ですが、教師が生徒を一方的に叩きのめしたとなれば、直接、罰せられるのは宇髄先生お一人だけですから。宇髄先生が出場停止になれば、芋づる式に炭治郎君、善逸君、伊之助君も出られません。連帯責任ですから」

「…………」

「ね？　めでたしめでたし」

しのぶがパチパチと拍手してみせる。

相当えげつないことを言っているのに、その顔はどこまでも愛らしく微笑んでいる。

この人だけは死んでも敵にまわしたくない。そう思わせる笑顔だった。


そして、翌朝——。

実行委員会にもたらされたのは、放課後の音楽室前で倒れた謝花兄妹が病院に搬送されたという、驚愕のニュースであった……。

✵

「謝花兄妹は、そろって激しい嘔吐と震え、頭痛を訴えていたそうです」

「……正直、彼らの演奏の破壊力を舐めていました」

カナヲの報告にしのぶがため息を吐く。さすがにその顔は曇っていた。「最早、一刻の猶予もありません」

再び、放課後。学園内の会議室である。

面子は昨日とほぼ同じだが――。

「あのう……」

千寿郎がおずおずと片手を挙げる。「どうして、兄上――じゃない煉獄先生がいらっしゃるのでしょうか？」

本日は、どういうわけか歴史教師・煉獄杏寿郎の姿があった。

因みに、文化祭実行委員をとりまとめている教師は別にいる。

「うむ。胡蝶に呼ばれてな！　俺にしか頼めぬことがあるらしい！」

杏寿郎が快活に答える。

「それで、俺は何を手伝えばいいんだ？」

「実は、ハイカラバンカラデモクラシーというバンドがありまして――」

しのぶがこれまでの経緯をざっと説明する。

杏寿郎はふむふむと肯きながら聞いていたが、

「なるほど。その不快且つ人体に有害な演奏を止めるよう言ってくればいいのだな？　学園を救う為に！」

（兄上……）

あまりに歯に衣を着せぬ言葉に眩暈がした。

だが、彼に悪気はない。おそらく一ミリも。

ただ、まったく、いっそ潔いほどに空気を読まないだけなのだ。

「煉獄先生だけが頼りなんです。どうか、彼らをご説得ください」

しのぶがペコリと殊勝に頭を下げてみせる。

「任せておけ！　学園の平和を守るのは教師の務めだ!!」

「あの、煉獄先生……どうか、炭治郎さんたちを傷つけないようにお願いします」

千寿郎が半ば拝むように、張り切る兄を見上げる。

杏寿郎は爽やかな笑顔でそれに応じた。

「わかっている！　生徒と言えば我が子も同じ！　傷つけるはずがなかろう。万事、俺に任せておけ!!」


――そして、二時間後。

「ただいま、戻ったぞ！」

杏寿郎は元気に帰ってきた。

一同の視線が集まる。杏寿郎は一度、うむ、と大きく肯いてみせると、

「ラーメンが美味かった‼」


「兄上えええっ⁉」

「買収されたんですか⁉」


思わず千寿郎とアオイが大声で突っこみを入れる。

杏寿郎はまったく悪びれることなく、笑って頭を振った。

「買収などではないぞ。丁度、彼らも一息吐くところだったらしく、ラーメン屋に行こうということになってな。誘われて一緒に行っただけだ！」

（それを買収と言うんです………兄上）

千寿郎が胸の中で嘆息する。

「皆で同じ鍋のラーメンを食しながら、竈門少年達と語り合ったのだが――」

杏寿郎はそこで一旦、言葉を止めると、感じ入ったようにその両目を細めた。「彼らの目が実にキラキラと輝いていてな！　いつかはメジャーデビューを果たし、世界に羽ばたきたいそうだ！」

「うぐっ」

「おぇ」

ハイカラバンカラデモクラシーの恐ろしさを骨身に沁みて知っているアオイと千寿郎の二人は、思わず戻しかけた。カナヲがおろおろとアオイと千寿郎の背中を交互にさすってくれた。

「まさか、彼らがそんな大それた野望を……」

さすがのしのぶも青ざめた顔で、寒気がするのか両手で上半身を抱くように聞いている。

「それで、出場を断念させることはできたのですか」

半ば想像のつく答えだったが、あえて、千寿郎が兄に尋ねる。

――案の定、

「生徒のあれほど真剣な姿を見てしまっては、応援する他なかろう！」

「…………」

「あの情熱を止めることなど、俺にはできん！！！　それぐらいならば、俺はこの場で腹を切る!!」

きっぱりとそう言い放った。

要は、生徒の情熱に絆（ほだ）されたのだ。

（よかった……ラーメンに釣られたわけではなかったんですね）

千寿郎がそっと安堵（あんど）のため息をもらす。兄を敬愛する弟としては、まだ納得の出来る理由であった。

だが、状況は何も変わっていない。

それどころか、謝花兄妹に続き、煉獄杏寿郎による説得も失敗に終わり、実行委員の面々はますます途方にくれるのだった……。

＊

——それから後（のち）も、何とか彼らの出場を止めようと奮闘したものの、ことごとく上手（うま）くいかず、ついには文化祭まで、残すところあと一週間を切ってしまった。

「彼らにだけ、マイクや音響機器を一切、使用させないというのは——」

「生声生演奏でもかなりの殺傷能力です」

「少しでも癒し効果を強めて中和するとか……」

「会場に猫や犬を放し飼いにしたらいいんじゃないでしょうか？」

「その猫や犬が死ぬわね。たぶん」

「いっそ、彼らにだけ嘘の時間を教えましょうか？　夜中の二時とか」

「さすがに気づくんじゃないかしら」

「それに、近隣住民から苦情が殺到する恐れが……」

疲労困憊した面々が、ああでもないこうでもないと相談をしていると、ノックや声かけの一つもなしに、引き戸がガラッと開いた。

「もう、下校の時間だぞ」

一同の目が集まる。果たして、そこに立っていたのは体育教師の冨岡義勇であった。手には竹刀。愛用のジャージの胸元に生徒指導用のホイッスルが鈍く光っている。因みに、彼も兄とは学生時代からの仲だ。

「こんな遅くまで、何をしているんだ」

「会議室利用の届け出でしたら、ちゃんと出して――」

言いかけたしのぶが、はっと何かに気づいた顔になる。

それに、千寿郎もはっとなった。

おそらくは、アオイとカナヲも同じことを考えているだろう。

風紀委員会の顧問・冨岡義勇。

ＰＴＡに眼をつけられるほど厳しい生徒指導で知られる彼は、別名、キメツ学園の最終兵器（リーサルウエポン）とも呼ばれている。

彼ならば、ハイカラバンカラデモクラシーを止められるかもしれない。

「冨岡先生」

と、しのぶが静かにその名を呼ぶ。

「何だ。胡蝶」

「校則違反です」

しのぶの言葉に体育教師の目が鋭く光った。

普段は死んだ魚を思わせるそれが、校則違反の生徒を見つけた途端、獲物を狙う獣のようになるのだ。

「校内において、著しく他者に迷惑をかける行為をしてはならない。他者の心身を害してはならない――この校則に違反する生徒と教師がいます」

「誰だ」

「宇髄天元先生、竈門炭治郎君、我妻善逸君、嘴平伊之助君の四名です」

続いて、彼らが今、音楽室を使用していることを伝える。

それだけで、すべて上手くいく……はずだった。

✵

一時間後、冨岡は無言で戻ってきた。

「冨岡先生、おかえりなさ――」

アオイの言葉がそこで止まったのは、冨岡の頬に大粒の涙が伝っているのに気づいたからだ。

生徒たちから血も涙もないと恐れられる体育教師の涙に、千寿郎、カナヲ、アオイの三名はその場に硬直し、さすがのしのぶも驚いた顔になった。

「どうしたんですか？　冨岡先生」

と気づかわしげに尋ねる。

「――した」

「宇髄先生と喧嘩でもしたんですか？　それで泣いちゃったんですか？」

「……感動した」

「は？」

思いもよらない一言に、しのぶだけでなく全員が眉をひそめる。

「感動した」

「えっと……すみません、良く聞こえませんでした。何にですか？」

しのぶが両の眉尻を下げて、やさしく尋ねる。

「…………あれほど心に沁(し)みる歌詞を、俺は生まれて初めて聞いた」

冨岡はそれだけ言うと、曲の余韻を噛(か)みしめるかのように瞑目(めいもく)し、再び熱い涙を流した。

ハイ
デモ

「なんでお前に彼女がいて俺にいない♪　何が悪かった～～前世か？　なんか罪犯したか～～～♪」

近隣住民への防音対策として必要以上に閉め切られた、体育館内。
奥のステージでは、ハイカラバンカラデモクラシーによる殺人兵器級の演奏が、今まさに繰り広げられていた。

「千寿郎君！　担架、急いで!!」

「はい！」

「救護テント、いっぱいです」

「体育倉庫を使います。中の物を奥へずらして」

各々耳栓をした実行委員が救助活動に励む中、その努力を嘲笑うかのように次々と生徒が倒れていく。

うめき声につぐうめき声。

そして、悲鳴。

音祭は、地獄と化していた。


「ヒヅメで蹴られたって、ブーンと飛んで逃げられたって全然平気～頭悪いから～～～♪」


「氷、足りません!!」

「洗面器、急いで！」

「胡蝶先輩、この方、白目を剝いて譫言をもらしています！」

「今、行きます」

「空調、もっと下げられますか？」

千寿郎、アオイ、カナヲ、しのぶの緊迫した声が、爆音に搔き消されて行く。

そんな中、冨岡一人が感動の涙を流していた。

「冷たくしないで、それ拳銃で腹撃つのと一緒だから～♪　きもいとか無理とかやめてそれナイフで刺してるよ～～～言わないで！　察するから♪　空気は読めるんだ俺～～～♪」

「空気は読めるんだ俺……」

「…………」

この阿鼻叫喚の中、熱い涙を流し、ボソボソと歌詞を口ずさんでいる冨岡の姿は、果たして、倒れ行く生徒たちの目にどのように映っていたのだろうか——。

これ以後、冨岡義勇は生徒たちから更に恐れられ、元凶であるハイカラバンカラデモクラシーよりもいっそ恐怖の対象となるのだが、それはまた別のお話。

尚、一体、この歌詞のどこが彼の心に沁みたのか。その鋼鉄の涙腺が、何故（なにゆえ）、崩壊したのかは、未だ謎のままである。

あとがき　吾峠呼世晴

皆さま小説いかがでしたでしょうか？
楽しんでいただけたら嬉しいです。
挿絵を描かせていただいたのですが、仕事が重なっており
作者の頭がバグりまして煉獄さんがメガネメガネ言ってるシーンを
間違えてキメツ学園の服装で描くなどの問題が発生してましたが、
Ｊブックスの方が素早く気づいてくださり修正できました。
その後美味しいお茶の差し入れをしていただき、
失敗した奴が何故か得をしているという珍事も発生いたしました。
たくさんの方が関わって本は作られていると
改めて実感いたしました。
皆様本当にありがとうございます。
歯は大切にしましょう。

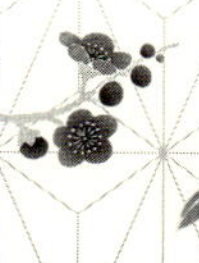

頭を噛まれると
すごく変な感じがするので
だいたいみんなこんな顔に
なります。

あとがき

矢島綾

この度は、『鬼滅の刃』ノベライズ第２巻を書かせていただき、ありがとうございました。これもひとえに皆様のお陰です。

大好きな鬼滅の世界を壊さぬよう、誠心誠意、書かせていただきました。

吾峠先生、週刊連載及びアニメ＆ファンブック＆短編集等々すさまじくお忙しい中、監修作業をしていただき、本当にありがとうございました。

宇髄さんは伊之助のことを『伊之助』とは呼ばないとか、悲鳴嶼さんを『さん』づけするとか、善逸の口調とか、先生の御言葉を頂ける度に、ありがたさと尊さのあまり、パソコンの前で滂沱の涙を流しておりました。

幸福過ぎて、思わずパソコンの前に突っ伏しました。

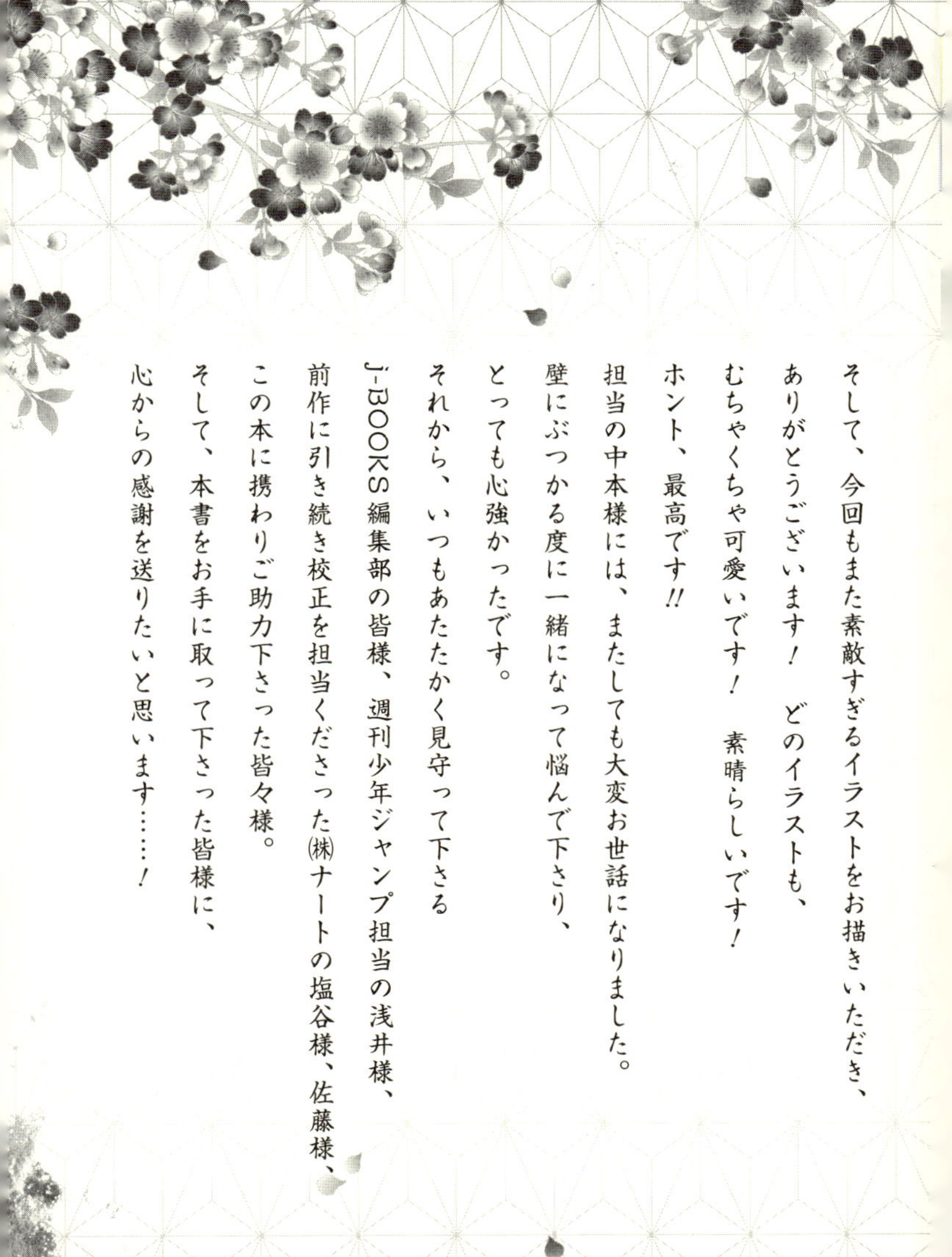

そして、今回もまた素敵すぎるイラストをお描きいただき、
ありがとうございます！　どのイラストも、
むちゃくちゃ可愛いです！　素晴らしいです！
ホント、最高です!!
担当の中本様には、またしても大変お世話になりました。
壁にぶつかる度に一緒になって悩んで下さり、
とっても心強かったです。
それから、いつもあたたかく見守って下さる
J-BOOKS編集部の皆様、週刊少年ジャンプ担当の浅井様、
前作に引き続き校正を担当くださった㈱ナートの塩谷様、佐藤様、
この本に携わりご助力下さった皆々様。
そして、本書をお手に取って下さった皆様に、
心からの感謝を送りたいと思います……！

■初出
鬼滅の刃　片羽の蝶　書き下ろし

[鬼滅の刃] 片羽の蝶

2019年10月9日　第1刷発行
2020年6月28日　第11刷発行

著　者／吾峠呼世晴 ◉ 矢島綾

装　丁／阿部亮爾　松本由貴 [バナナグローブスタジオ]

編集協力／中本良之　株式会社ナート

編集人／千葉佳余

発行者／北畠輝幸

発行所／株式会社 集英社

〒101-8050　東京都千代田区一ツ橋 2-5-10
TEL　03-3230-6297(編集部)
03-3230-6080(読者係)
03-3230-6393(販売部・書店専用)

印刷所／図書印刷株式会社

Printed in Japan　　ISBN978-4-08-703485-1　C0293

検印廃止

吾峠呼世晴
矢島綾
きめつのやいば
鬼滅の刃
しあわせの花
JUMP j BOOKS